小学館文庫

あたしの一生

猫のダルシーの物語

ディー・レディー
江國香織 訳

小学館

イラストレーション：ジュディー・J・キング

あたしの一生　目次

あたしの一生

猫のダルシーの物語

プロローグ

あのひとへの、あたしの愛
それから、あたしへの、あのひとの愛
あたしは、あたしたちが一緒に暮らした日々の
思い出を
あのひとの胸のなかにちゃんと蒔《ま》いておいた。
あたしがいなくなったあとも
その思い出があのひとを、
なぐさめてくれるようにね。

けっきょくのところ
もんだいなのは愛ということ……。

お互いを見初める

あたしが生後まだ二、三週目のちびだった頃のある日、母猫のナターシャが言ったの。人間たちがこの納戸《なんど》に、あたしや兄や妹たちをみにくるって。あたしたちはみんな、この安全な箱をでて、そのなかの誰かと暮らさなきゃいけないんだって。

彼らはすぐにやってきたわ。毎日毎日、みんな納戸のドアにつかつかと歩みより、大きな身体を折りまげて、あたしたちをつまみあげるの。もちろんあたしは不愉快だった。だってあんまり無神経なんだもの。だいたい行儀がわるいわ。あんなにじろじろみつめたりして。あたしたち猫というものは、ゆっくり相手を見極めるものなのよ——ちらっとみては目をそらし、もう一度みていまみたものについて考え、さらにもう一度みて、やっと是《ぜ》か非《ひ》か表明する、っていう風にね。

基本的な礼儀作法もわきまえないひとと、あたしは一緒になんて暮らせない。礼儀知らずで、あたしの欲求を満たせると思っているのかしら。あたしには、あたしのこの——すてきな！——美質をきちんと評価してくれて、あたしの個性を尊重してくれるような誰かが必要だった。

そして七週目に、一人の女のひとが来た。あのひとは膝をついて、やさしい目であたしたちをじっとみたけれど、じろじろみるっていう感じじゃなかった。いきなり触ったりもしなかった。あたしたちの箱に手をのせて、彼女のにおいをかげるようにしてくれた。そうやってあたしたちに、彼女について考えるだけの時間をくれたのだ。

ながい時間のあと、彼女は床に腰をおろして靴をぬいだ。そして、なめらかな指先をあたしの背中にすべらせて、耳のうしろをかいてくれた。あたしはすごく

気持ちよかった。

あたしたちをおどかさないようにゆっくりと時間をかけて、彼女は床に肘をついて腹ばいになり、にぎりこぶしにあごをのっけた。あたしたちがちゃんと考えられるように。

あたしたちのうちの四匹が、箱からころがりでて、のろのろと前進し、彼女の肘のあたりまでいくと尻込みしてひきさがる。彼女は、あたしたちがじゅうぶんに調べられるよう、片方の手を下におろした。そして、礼儀正しく、あたしたちに指をかませた。彼女はあたしたち一匹ずつにやさしく話しかけた。ひととおり挨拶がすむと、あたしたちの反応を待つ。このときすでに、あたしには彼女があたしの求める人物だということがわかっていた。

彼女は立ちあがり、前に歩みでた。あたしは不安でどきどきした。彼女は誰かを選ぶかしら。あたし？　あたしを選んでくれるかしら？　あたしは、彼女にあたしの人間になってほしかった。彼女はあたしをほしがっているかしら？

イエス！

彼女はあたしを手のひらにそうっと抱きあげて、背中の毛のまっくろなぶちを中指で触った。それからあたしのお腹のまっしろな毛にさざなみをたてる。彼女は、あたしの顔の片側に鼻をこすりつけた。そして、あたしの黒いしっぽの動きに手をそわせた。あたしがふるるがるるかいかいと潮の満ち引きみたいに強く弱くもらす声をきいて、彼女はほほえんだ。

彼女は沈黙と指先とであたしに語りかけ、あたしはかぼそく鳴いてそれにこたえた。あの瞬間、あたしはもう決定的に彼女を選んだ。

「なんてかわいいの」彼女は言った。〝なんてかわいい〟彼女の言葉はあたしを幸福にした。彼女が帰ってしまうと、あたしは彼女が戻ってくるのが待ちきれなかった。あたしは毎日、運命的な出会いを夢みた。

＊

あたしの人間が戻ってくるのを待ちながら、あたしはナターシャが語ってくれる、人間と猫の関係についての話をすっかりききいた。ある夕方、ナターシャはつややかな身体であたしたちを包むように横たわり、一匹ずつなめてきれいにしてくれた。ごろごろとのどの鳴る満足げな音であたしの耳を満たしながら、ナターシャはあたしたちの教育の最後の仕上げにかかった。あたしたちの毛皮をなめながら、ナターシャは古くからつたわる猫の歌を教えてくれたのだ。

あたしははねる　あたしはなまける
それは　最上の　よろこび
あたしは前足で顔を洗う
つやつやになるまで毛皮をなめる
のどがかわけば　じゃぐちにだって　かかんにいどむ
あたしはミルクをのむ
のびをする　あくびをする
夜じゅうさまよい歩く　夕暮れから夜あけまで
あたしはうなる　あたしはおこる

あたしはみゃあってあまえて鳴ける
うんときみわるくだって鳴ける
あたしはしかめっつらをして
お行儀のわるい笑い声で挨拶する
あたしのテリトリーにのら犬なんかがやってきたなら
軽蔑をこめて
背中を弓なりにしてやるの
あたしは獲物にしのびよる
突進する　とびかかる
わが身のいさましさに
あたしはいつも満ちたりている
居間の椅子で爪をとぐ
あたしはあたしの人間を訓練する
みゅうって鳴けば

それは命令

生きるうえでの権利についてのこの歌をきいて、あたしは確認した。あたしの求めるもの、あたしの人間が与えてくれるであろうもの。運命なんだって思った。やがて、彼女はあたしを家へつれて帰った。あたしが女王様みたいでいられる家に。あたしに具合がいいように、彼女がしつらえてくれる家に。で、あたしは早速、あたしたちのやり方をきめたのだ。

遊ぶ

あたしの人間は、二階建てのアパートの上階にある、小さな部屋にあたしをつれて帰った。まずはじめに、あたしはうちのなかを探険し、かくれたり昼寝をしたりするのにぴったりの、たくさんの秘密の場所をみつけた。

当然ながら、彼女はあたしにごはんをたべさせた。お水のボウルもいつも満たしておいてくれた。あたしがプライヴェートな子猫で、食べているところをひとにみられるのがいやだっていうことを、彼女はすぐに学習した。あたしがごはんのにおいをかいでいるときに彼女がそばに立ったりすると、あたしはぱっとうしろにとびのいて、彼女がいなくなるまで、じっとそっぽをむいていた。それでも彼女があたしをみつめつづけたら、あたしはごはんからはなれるまでだった。

——この作戦はあたりだった。

食事がすむと、あたしは彼女のところまでひもをひきずっていき、彼女の目のまえでそれを落とした。ひもが床のすぐ上でぶらぶらするように。彼女はそれをぐるぐる揺らす。あたしははねる。あたしはつっこむ。彼女はひもをひきずって、アパートじゅうを走りまわる。あたしは彼女のうしろをはねながらついてまわって、この、かみつこうとしてもするりとにげてしまう獲物をつかまえようとした。

あたしの人間がひもをぐるぐる回しながらじゅうたんに落とすと、あたしはそれを椅子の下にひっぱりこんで挑発する。すると彼女はよつんばいになり、ひもをうばいとろうとする。おいかけっこ！　おいかけっこ！　あたしたちはアパートじゅうをふざけまわる——ひもと、人間と、あたし。しまいには、みんな床にころがって顔をくっつきあわせてしまう。

あたしが小さな敷物のふさかざりに爪をひっかけてしまうので、彼女はときどきあたしをどける。敷物を左右にふって、あたしをおいはらおうとするのだ。でももちろんあたしはつかまっている。

すてきな遊びはほかにもある。紙ぶくろバトルだ。あたしの人間は、缶づめやほかのいろいろな箱を大きな茶色の紙ぶくろからとりだして、そのあとふくろを床の上においてくれる。あたしが探険できるように。暗いなかに入っていきながら、あたしはむしゃぶるいしちゃう。すると、彼女はふくろを軽くたたいて、があさがさいわせる。あたしは音をつかまえたくてとびかかる。彼女はふくろをもう一度指でつつく。あたしは彼女の攻撃を迎えうつ。さいごには、あたしはくたびれて眠ってしまう。

夜はベッドで遊んだ。シーツの下で、彼女は指をあちこちに動かす。ずるいねずみたちのふりをして、あたしをだますために。あたしはたたく。あたしはかみつく。ねずみたちの背中にとびかかる。あたしは彼らの挑発にのり、すっかりだまされてしまう。

あたしの人間が学校というところにいっているあいだ、あたしはながいこと彼女の帰りを待つ。彼女があけておいてくれるひきだしを全部探険し、彼女が決して掃除しないベッドの下の暗やみにわけいったり、彼女が植木に水をやるときに使うプラスティックの水さしを調べたりしながら、じゅうたんの下にもぐりこみ、山や谷や砂丘やトンネルをつくったりもする。

学校から帰ると、彼女はよくランプがまがっていたり、敷物がすみにとばされていたりするのを発見する。でも絶対におこらない。ランプをまっすぐにし、敷物を直すだけだ。そしてあたしを抱きあげて、一日のできごとを話してくれる。あたしはまだ人間の語彙《ごい》について勉強しているさいちゅうだから、彼女が人間の子たち——毎日会うらしい——について話してくれることを、全部理解できるわけじゃないけれど。人間のやさしい声をききながら、あたしはいつのまにか眠ってしまう。

＊

あたしの人間はあたしに名前をつけなかった。あたしには、生まれたときにナターシャにつけてもらった名前があるっていうことを、彼女は知っていたのだ。そしてあたしがその名前を教えてあげるのを、彼女はしんぼうづよく待った。そして六日目の夜、あたしは彼女の肩に頭をもたせかけ、ささやいた。

ナターシャはあたしを一目みて
すぐに名前がぴんときたんですって
言うわよ　いい？
あたしはダルシニア　すてきな猫
(あたしは贈り物　あたしはよろこび)
ダルシニア　白と黒の毛皮を着たかわいい猫
ダルシニア　かわいい猫
(みんなの人気者)
ダルシニア　かわいい猫
よろしくね

あたしの名前を教えてあげる
あたしをうんとかわいがってくれるあなたに

あたしが歌をうたいおえると、あたしの人間はあたしをやさしく抱きあげて、あたしのおでこにそっとささやいた。「ダルシニア――あなたにぴったりの名前だわ。あなたはなんてかわいいの」あたしは彼女のほっぺたをなめた。まったくのところ、あたしは正しい選択をしたのだ。

あたしの人間は、すぐに名前をダルシーとちぢめた。これは全然かまわなかった。だって彼女がこう呼ぶのは、親しみのしるしだってわかってたから。彼女は、あたしたちは友だちだって言った。でもあたしは知ってるの。彼女はあたしのしもべ。あたしは彼女の女主人。

いやなこと

あたしの人間には、あたしたちの生活をだいなしにしちゃうような癖が一つだけあった。よそのひとに、あたしをこう紹介するのだ。「私の子猫よ」これにはあたしはおおいに不満。どう考えたって、彼女は〝私の子猫〟とか〝私の猫〟とかと言うべきじゃないのだ。あたしは彼女のじゃないもの。彼女はあたしを所有なんかしていないし、あたしも彼女に従属してなんかいない。簡単なことだ。真実は反対。彼女があたしに従属しているわけ。彼女はあたしの人間なんだから。あたしはあたしのもの。ナターシャにそう教えられている。あたしは彼女に、こう言うように教えなくてはならなかった。「私が一緒に住んでいる猫よ」

あたしみたいな優秀な猫にとって、彼女にそれを教えるのはちっともむずかしいことじゃないとあたしは思った。あたしが特別だってことを彼女ははじめから知ってたし、あたしにもそう言ってくれていた。あたしは彼女がそれまでに出会ったなかで、いちばんかしこくていちばん美しい毛なみの猫だって。

あたしは彼女を笑わせた。はじめて彼女の笑うのをきいたとき、あたしは冷蔵庫のうしろにかくれこんだ。でも、やがてそれは彼女のよろこんでいるしるしだとわかるようになり、それをあたしもたのしむようになった。笑いながら彼女はよくこう言った。「ダルシー、子猫がこんなにおもしろいものだなんて知らなかったわ。どうしていままで猫なしで暮らしていたのかしら」

あたしはあたしの人間の声が大好きになった。彼女のささやく愛の言葉は、あたしの一日のいちばん大事な瞬間になった。

でも、ある種の音――たとえば掃除機のうなる音――はあたしを怯《おび》えさせた。耳なれない音をきくときまってあたしはとびすさり、あたしの人間にたずねた。

〝なにごとなの?〟

あたしを抱きあげて、毛をなめらかになでながら、彼女はささやいてくれる。「こわがらなくていいのよ、ダルシー、あなたをこわい目になんてあわせないわ」あたしはその言葉をあてにした。彼女の愛をあてにした。

＊

あたしがあてにできなかったのは、あたしの人間がジューイと呼ぶところにいくこと。ある午後おそく、なんの予告もなくあたしはあたしの人間に抱きあげられ、おもてにつれだされた。あたしたちのうしろで、扉に鍵がかけられた。

あたしたちは出発し、あたしは冒険を期待した。まわりでは、おもしろそうなしげみやうす暗いかくれた場所が手まねきしている。でも、あたしはあたしの人間の腕のなかで満足していた。それなのに、あたしたちはじき建物のならぶ場所につき、いやなにおいのするところに入っていった。絶望的な動物たちの悲しげな声が、あたしたちをむかえた。

あたしの人間は椅子にすわり、あたしは彼女の腕のなかでふるえていた。ここはどこ？　このにおいは何？　ここにいる動物たちは、なにをそんなにこわがっているの？　あたしは孤独のにおいをかぎわけた。

やがて、誰かがあたしたちに、部屋に入るよう合図した。不快な雑音にみちた部屋のなかに。あたしの人間があたしをつめたい金属のテーブルにのせた。あたしはそこにしゃがみこんだ。足がふるえ、耳はうしろにぺたんとくっついて、毛はみんな逆立っている。攻撃するべきなの？　あたしの人間が、手をそっとあたしの背中にのせていてくれてもなお、あたしはこわかった。

男のひとが、顔の高さまであたしを持ちあげて、あたしの身体を観察した。あたしは、微笑んでいる男のひとの顔にむかってしゅうしゅういったりうなり声をだしたりした。あたしがしっぽをひゅうひゅう動かしたり前足でたたいたりしたにもかかわらず、彼はあたしの特徴のある模様や性質のよさをほめた。あきらかに、この人間は上等の猫を見分けられるのだ。あたしはほっとした――ほんのちょっとだけだけど。どうしたらこのひとを信頼したりできるだろう。こんなにいやなにおいとおそろしい音のする場所に住む人間を。

彼はあたしをつるつるのテーブルに戻し、あたしの人間はあたしによくわからないことを耳うちした。「このひとは獣医さんよ。ダルシー。あなたを傷つけたりしないわ。注射をして下さるの。あなたが病気になって私の元からいなくなってしまわないようにね」彼女とはなれるのはいやだったから、あたしはチューシャ――それがなんであれ――にそなえた。でも、一体どうしたら、あの針のするどい一刺しにそなえることなどできるだろう。あの針、そしてあの透明な液体！苦痛は、しかしほんの数秒ですぎ去った。気がつくとあたしの人間がそばにきて、あたしを抱きあげ、あたしの身体に顔をこすりつけて言った。「おわったわ、ダルシー。なんていい子なんでしょう。はじめての注射だったのに」

あたしたちはそこをでた。おろかにも、あたしはもう二度とジューイに会うことはないだろうと思った。でも、その後、あたしは毎年この屈辱に耐えることになったのだった。

＊

あたしにとって愉快だったものは、アパートの裏手の、へいに囲まれたジャングル。下生《したば》えややぶ、それに木がたくさんはえている。はじめてこの甘美な遊び場にやってきた日、あたしはあたしの人間から数フィート離れては立ちどまり――急にとまるのですべってころびそうになった――、彼女が心配しないように、ぴょんぴょん飛びはねるようにしてひきかえした。彼女はながいこと階段に腰掛けて、探険にいくようあたしを励ました。

あたしは花の茎《くき》や葉の下にとびこむと、ジャングルの果てまであちこち襲撃してみた。あたしは彼女からかくれたり走ったりした。しっぽは立ち、四肢《しし》はこわばった。毛は逆立ち、あと足が前足を追いこしてしまうので、あたしのおしりは前のめりになり、身体がアーチ状になった。そんなふうにして小道を駆けまわっていると、あたしの人間はあたしの元気のよさに笑った。

毎日、あたしはその秘密の緑の庭と、黒々と豊かな野生の大地を探険した。あたしはほこりだらけになり、午後の日ざしのなかでのんびりと身づくろいをした。でも、あたしはいつだって彼女がすわっている階段に戻った。そこでは彼女の足のあいだをぬうようにして身体をすりよせ、彼女の指に鼻をうずめてふんふんかいで、のどを鳴らして挨拶するのだ。

勇敢にも、あたしは高くそびえる木々の挑戦にこたえた。もっとも、はじめてのぼったときには高くのぼりすぎておりられなくなっちゃったのだけれど。あたしは鳴きわめき、あたしの人間を呼んだ。彼女はアパートの階段をかけおりて、あたしの苦境を発見すると、はしごを使って助けだしてくれたっけ。あれ以来、あたしは注意深くなった。あたしのしっぽがもうそこまでといったら、木からきっぱり手をひくことにしたのだ。

あたしの人間は、ときどきジャングルの小道にあおむけにねて、あたしが木にのぼるのをみている。でも、たいていは腹ばいになっている。あたしはジャングルの秘密を発見しつづける。新しいかくれ場所もみつけるが、あたしはいつも、彼女の元に帰る。彼女の手はやさしい。声はやわらかい。

一緒に旅をする

ある日、あたしの人間は二、三時間いなくなり、車、と呼ばれる金属のけもの――有害な煙を吐き、挑戦的なごう音をたて、車寄せからすべるように出入りする――と一緒に帰ってきた。それが、ものすごい熱とスピードで、あたしたちを場所から場所へ移動させてくれることを、あたしはすぐに理解した。

次の日、二人の大きくて騒々しい男のひとがやってきて、家具をアパートから運びだした。それから、あたしの人間は残ったものを、からっぽの、でもすごく興味深い、いいかくれ場所になりそうなもののなかにつめた。夕方には、部屋はすっかりがらんとした。彼女があたしたちのために床にひろげた、一枚の寝袋をのぞいて。

次の朝はやく、彼女はあたしを車に運んだ。うしろの床に、あたしの箱と、水のボウルと、食べ物の器も置いてくれた。思慮ぶかい。でも、いかんせんあたしの人間は、子猫と旅をするっていうのがどういうことか、知らなさすぎたのだ。

オハイオ州デイトン——そういう名前だと彼女が言っていた——をでるとすぐ、あたしの人間はラジオをつけた。それのたてる雑音のせいで、あたしはちっとも休めなかった。彼女が窓をあけると風がおしよせ、あたしのまわりでごうごうと鳴った。あたしが膝にとびのったので、彼女はいそいで窓をしめた。

たちまちむし暑くなったので、あたしは助手席にのびた。彼女はひたすら運転しつづける。まったく停まらないので、あたしは足をのばすことも、日かげで休むこともできなかった。うちしおれ、あたしは彼女の膝によじのぼると、みゃあ、と鳴いた。彼女は片手をあたしの身体にのせてくれたけれど、車を停めてはくれなかった。それであたしはながながと鳴きたて、彼女の腕を頭でおした。

FRAGILE
JUDY J. KING

あたしが疲労しきっていることに気づくと、彼女は高い木の下に、すぐに車を停めた。

あたしの人間がドアをあけてくれたので、あたしはいそいで日かげにころがりこんだ。彼女が新鮮な水をくんできてくれたので、あたしはそれでのどをうるおした。満足して目をとじる。するとあたしの人間は、小さな声でこんなふうにあやまった。「ごめんなさいね、ダルシー。あなた、暑かったでしょう？　気がついてあげるべきだったわね。ちょっとドライブしすぎたみたい。泊まる場所をさがしましょう」

翌日、あたしたちはミネソタ州スティルウォーターという場所に向かって北上した。そこにはあたしの人間の友だちが、住んでいるそうだ。このドライブでは彼女は気をつけて何度も車を停め、あたしに地形の探険をさせてくれた。お日さまがあんまりつよくさしこまないように窓にも工夫をしてくれたので、あたしはけっこう快適に昼寝ができた。あたしは彼女の心づかいに感謝した。ここでちゃんと休んでおいてよかった。なぜなら、この先の旅では、あたしの精神力がためされることになったから。

＊

友だちのうちに何日か滞在したあと、あたしたちはニューハンプシャーに向けて出発した。午前中ずっと、あたしはやわらかな前部座席と日かげになった後部座席をいったりきたりしてすごした。うしろの窓から、あたしたちのうしろに連なっているたくさんの車がみえる。この三日間の旅のうち、最悪の事態はここ、レイクミシガンでおこった。

スティルウォーターをでたのが遅かったので、あたしたちが栈橋についたときには、係員たちが最後の数台の車をフェリーにのせているところだった。積荷用スロープから一人がせかすように手まねきし、あたしの人間は車を加速させた。あたしたちはがたがたと揺れながら少しずつ前進し、車体を傾けてスロープをのぼると、フェリーの内部にすべりこんだ。

誰かが、車を前方の駐車スペースに停めるように合図し、彼女に車からおりるように指示した。すると不注意にも、彼女はあたしを車のなかに置き去りにしてでていった。置き去りに！　あたしを置き去りにしたのだ。孤立無援のフェリーの洞窟のなか、まっくらななかで、あたしは何時間も立ちすくんでいた。フェリーは上下し、車たちはくさりをがちゃがちゃいわせている。あのとき、あたしの身にはどんなことでもおこり得たのだ。どんなことでも！

あたしはふるえ、物音にひどく怯えた。嘆き悲しみ、運命をうたがった。みじめな数時間ののち、誰かが前部座席にとびのって、エンジンをよみがえらせ、車をきしませながらフェリーからでた。あたしは前部座席のうしろにうずくまり、弱々しく鳴きたてた。

車が陸地についたとたん、あたしの人間はドアをあけてあたしを探した。あたしは身体を小さくまるめ、座席の下に身をひそめていた。

「ダルシー？　ダルシー？」彼女は呼びかけた。「どこにいるの？　車からとびだしちゃったりしていないわよね？」彼女の声はふるえている。

「ごめんなさい、ダルシー。ほんとにごめんなさい。ついうっかりしちゃったの。

係のひとがどなるもんだから、動揺しちゃってあなたが車のなかにいることを忘れてしまったの。お願いだからここにいて。ここのどこかにいてちょうだい」

ついに、彼女は前部座席の下にまるくなっているあたしをみつけ、うしろ足を持ってひっぱりだそうとした。あたしは微動だにしなかった。ためいきをつき、彼女は車にのりこんだ。運転しながら、彼女はあたしをあの絶望的な状況に置き去りにしたことを、うんざりするくらいあやまりつづけた。

「ごめんなさい。ほんとうにごめんなさい。ダルシー、もう二度と忘れたりしないわ。フェリーに車をのせるのははじめてだったから」

あたしは、調子はずれの、でも効果的な鳴き声をだして彼女の独白を中断した。頃合いをみはからい、あたしは座席の下からはいだして、彼女のとなりに落ち着いた。彼女はあたしをほったらかした。それは事実だ。でも、たとえフェリーにとじこめられたって、あたしは彼女ほどあたしにぴったりの人間はほかにいないと知っていた。はなればなれになるたびに、あたしはいつだって彼女が恋しくなっちゃうんだもの。

生活習慣の確立

三日後、あたしたちはニューハンプシャーに到着した。大きなアパートに落ち着くと、生活の確立にとりかかった。週のうち五日、彼女は一日じゅう外出し、次の二日はうちにいる。夜はきまって高校の生徒たちのレポートを採点する。

あたしたちはたくさん遊んだ。彼女は〝書きもの〟をするとき鉛筆を使ったが、あたしは爪で獲物をとるように、その黄色い軸を前足でたたいた。彼女はあたしをからかって、鉛筆を左右に振る。でも、あたしは見事に獲物をしとめる。

しばらく遊ぶと、あたしは眠る。彼女の腕のそばにまるくなって。お昼寝の途中であたしは起きあがり、背中を弓なりにして、しなやかな身体でのびをする。しらん顔で紙の上に横たわる。すると彼女は採点をやめ、あたしに話しかけてくれるのだ。

あたしの人間があたしの毛皮をなめらかに梳《す》きながら一日のできごとをきかせてくれるとき、彼女の声はまるで愛撫みたい。彼女は、このニューハンプシャーの学校で教えるのが好きじゃないらしい。「生徒たちは私の教え方が気に入らないのよ、ダルシー。私はみんなにテストを返す。みんなは私をまぬけだと思う」

あたしにはわからない。あたしには、――できるだけ客観的に言って――彼女はかなりいい線いってる人間にみえる。笑ったり歌ったり遊んだりできる人間。猫がちゃんと眠れるように、いつしずかにしたらいいのか知っている人間。

＊

あたしはこの新しいアパートが気に入った。あたしの人間は窓を一部あけておいてくれるので、あたしはおもてにとびだして、道の向こうの森を探険することができる。そこで獲物をとったり、日だまりで昼寝をしたりしているうちに時間がすぎて、あたしはあたしの人間がいなくてもがまんできる。あたしは車の音をおぼえた。それがきこえるといつでも、あたしは森や、寝室やからっぽの箱からかけだしていく。彼女を迎えるために。

あたしはときどき彼女をおどかした。一度、あいた窓から小鳥を持ち帰ったとき、あたしが口をひらくとその鳥はあちこち自由に飛びまわった。あたしの人間が玄関のドアをあけたとき、その鳥のちゅぴちゅぴというさえずりが彼女を迎えたのだった。

あたしは二度しまりすをつかまえて帰った。二度とも、その気の立った小動物は、部屋から部屋へ走りまわった。あたしの人間がそいつをつかまえて、袋に入れておもてに放してやるまでずっと。

あたしには、彼女がどうして動物たちを逃がしてしまうのか理解できなかった。彼女があたしにツナをくれるのとおんなじように、あれはみんなあたしから彼女への贈り物なのに。あたしは彼女からの贈り物を食べる。彼女はどうしてあたしからのを食べないんだろう。それでも、彼女はあたしの心づかいが気に入っているにちがいない。だって、贈り物をみつけると叫ぶもの。「ダルシー！　あなたって狩人《ハンター》なのね！　世界一の狩人《ハンター》だわ！」

だからあたしは狩りのよろこびをわけてあげるの。あたしがそうやって生きたトロフィーを持って帰る一方で、つかまえて殺しちゃうこともあるということもあたしの人間はわかってきたみたい。あたしは彼女にあげる獲物に手はださない。獲物たちはもうすくんじゃってるけどね。ほとんどの場合、あたしは彼らを無傷のままアパートに持ち帰る。彼女のおたのしみのために。

＊

あたしはあたしの人間もつかまえる。かくれんぼのなかで。彼女が学校から帰ると、あたしはときどきキッチンをとびだして大いそぎでどこかにかくれる。気に入りのかくれ場所は、彼女の机のファイルの入ったひきだしのうしろと、予備の寝室につみ重ねられたからっぽの箱のなか。

彼女が足音をしのばせて部屋から部屋へ歩きまわっているのをきくとふるえちゃう。あちこちあたしを探しながら彼女はささやく。「ダルシーはどこ？　私のダルシーはどこにいるの？」

彼女の声はどんどん近づいてくる。「みつけた！　みつけたわよ！」

次の瞬間、彼女はきびすを返して部屋からかけだしていく。ハント開始だ！

バスタブが彼女の気に入りのかくれ場所だということに、あたしはすぐ気がついた。でもゲームをながびかせるために、あたしはまず他の部屋を調べる。

しまいに、あたしはこっそりお風呂場に入っていく。雑にしめられたシャワーカーテンのうしろで、バスタブにうずくまっている彼女をみつけるために。あたしは背すじをのばし、二本の前足をバスタブのへりにかけて、発見したしるしにのどを鳴らす。そしてタブのふちにとびのって彼女の身体――うずくまっている――を見下ろす。彼女が頭を上げ、あたしはみゅうと鳴く。〝みつけた！　みつけたわよ！〟床にとびおりてもう一度かくれるために、かけていく。ああ、おいかけっこっておもしろい。

淋しさに耐える

日々成猫《せいびょう》に近づきながら、あたしは満足していた。あたしの人間はあたしを愛してくれていたし、あたしに何をしてくれたらいいのか知っていた。あたしのトイレ用砂場を清潔にして、きちんきちんとツナをたべさせてくれる。遊んでくれるし、あたしがどのくらいすばらしい猫かきかせてくれる。彼女はあたしの毛をなでるのが好きみたいだし、あたしの特別さも知っていた。人生はうまくいっていた。

ほんとにうまくいっていたのだ。不安でみじめな二日二晩、彼女があたしを置き去りにするまでは。

ある朝彼女はでかけていって、あたしはいつものように彼女が帰ってきて一日がおわるのだとばかり思っていた。午後おそく知らない人間がやってきてごはんをくれたとき、ようやくなにかおかしいとわかった。何時間たってもあたしの人間は帰ってこなかった。あたしは動揺した。彼女はどこ？　どうして帰ってこないの？

フェリーでの事件を別にすれば、これはあたしたちの最初の別離だった。二日目もおなじようにすぎた。あたしは彼女に捨てられちゃったの？　みなしごになっちゃったわけ？　二度と彼女に会えないの？

あたしの世話をしにくる人間は親切だった。あたしが鳴きたてればあたしを抱き上げて、台所で話しかけてくれた。あたしは混乱していてお礼も言わなかったけど。あたしの人間はどこ？　もうあたしをきらいになっちゃったの？　毎日毎日あたしといなくても平気なの？　あたしには彼女が必要なのに。いまなら認められる。あたしは彼女を必要としているのだ。

＊

三日目の夕方早く、あたしの人間は帰ってきた。車が車寄せに入る音をきいたとき、あたしは怒りとよろこびに声をあげた。彼女だ！　彼女が帰ってきた！

彼女は階段をかけあがってきた。あたしをみると、ほんとにうれしそうに笑った。「ダルシー！　ダルシー！　会いたかったわ。この三日間のながかったことったら！」

あたしは彼女の腕にとびのって、頭を彼女のあごにこすりつける。そして、いままでいちばんうるさくのどを鳴らした。彼女が帰ってきた！　あたしはみなしごじゃない！　あたしは、彼女の手があたしの毛に触れる感触を味わった。彼女の声の、快いひびきをたのしんだ。

彼女はあたしをベッドにつれていった。あたしは彼女の上やまわりを歩きまわった。彼女の足の先から頭のてっぺんまで、あたしは探険し、においをかぎ、なめた。頭で彼女の顔をつっつき、あごを押し、お腹の上をぐるぐる歩いてTシャツをこねた。あたしの人間が帰ってきた！

あたしの毛を指で梳きながら、彼女はあたしのあごの下をかいて歌をくちずさんだ。あたしから離れた旅のことを話した。そしてあたしの名前をくり返し口にだした。「あなたの名前は何？　なんていう名前なの？　あなたはダルシーかしら？　かわいいダルシーなの？」

数十分すぎてもあたしはまだ彼女にかまっていてほしかった。とうとうお腹の上にべつの地図を描き、あたしは眠りにおちていった——三日前に彼女がいなくなって以来、はじめてぐっすり眠ったのだった。彼女もまた眠った。あたしたちは一緒に目をさまし、彼女はあたしにごはんをくれた。そしてまた彼女は毛布にくるまって、あたしは彼女の頭にくっついてまるくなる。そうやって一晩眠るあいだに、あたしの恐怖は消えてしまった。

それでも、あたしは困惑していた。自分が彼女の愛をこんなにあてにしているなんて思っていなかったから。もっとも、ルールは維持していくつもりだ。彼女はあたしをみなしごになんかするべきじゃない。今度だけは許してあげるけど、誰が主人で誰がしもべか、はっきりさせなくちゃ。あたしは、あたしたちが一緒に生活していく上での六つの要求——もちろん、彼女があたしに奉仕するのだ——を教えてあげるつもりだ。

訓練

　これまでのところ、あたしたちの生活はかなりうまくいっていたので、あたしはナターシャの教え――みゃおんと鳴いて命令しなさい――を忘れていた。あたしはあたしの人間の教育をおこたっていた。あたしの要求に従うことも、あたしの言葉に耳を傾け、それを理解することも教えなかった。そろそろ集中講義の時だった。

　彼女は人間なので、猫の言葉は話せない。とても微妙な言語だから。こまかいニュアンスまで教えるには何年もかかるし、あたしにはそんな時間はない。すべての必要と望みの満たされた快適な人生を送るためには、あたしは彼女を早急に、しかも効率よく仕込まなくてはならなかった。彼女は、あたしの鳴き声のいちいち——みゃあ、とか、みゅう、とか、にーお、とか——を、また、舌をぴしゃぴしゃいわせたり、のどをごろごろ鳴らしたり、うなったりわめいたりする声のいちいちを、注意深くききわけなくてはいけない。ひげをおしつけたりおでこをしかめたりというボディランゲージの〝感じ〟もつかまなければならない。そして、あたしのしっぽの指示に従わなきゃいけない。あたしの漆黒《しっこく》の指揮棒の指示に。

まず、六つの基本的な命令から始めた。信号はすべてあたしたち二人の秘密なので、声の種類やそのときの指揮棒の位置をばらしてしまうわけにはいかない。命令はすべて違う種類の声で発せられるし、しっぽの動かし方も微妙に違う、とだけ言っておこう。ニュアンスがすべてなのだ。

窓はいつもあいていたが、あたしはときどきドアからおもてにでたくなる。そこであたしは彼女の訓練を、この命令から始めることにした。あたしはドアの前にいき、うしろ足ですわってこんなふうに鳴くのだ。〝おもてにだして〟何日も辛抱づよくこれをくりかえしたところ、彼女は鳴き方の違いをききとったようだった。とても適切な反応をしめすようになったのだ。かけつけてきてドアをあける、という——。

しばらくすると、あたしはドアのそばにいく必要さえなくなった。たとえば彼女が本を読んでいるとして——これは彼女がしょっちゅうしていることだったが——、あたしはただ彼女の前に立ち、この命令を口にすればよかった。彼女はすぐに本を置き、玄関まであたしを抱いていく。ドアの前にあたしをおろし、ドアをあける。もっとも、そうしてもらったからといってあたしはすぐに敷居をまたいだりしない。

当然だ。まずドアの隅からおもてをすかしみて、あの騒々しいけたたましいけだもの、十二インチの歯をはやし、行儀をまるでわきまえないやから——犬！——の気配を、においをかいでたしかめる。あいつらはあたしの領地を侵していない？　じゅうぶんにみきわめたあとでなきゃ、あたしはおもてにでるかなかにとどまるか決めない。その人間がよく訓練されているかどうかは、猫がにおいをかぐあいだ待っていられるかどうかにかかっている。あたしの人間は待った。

次の命令は〃なかにいれて〃だ。あたしはこの命令を口にするとき、とくべつ悲しげに鳴いた。ひどいけがでもしているかのように。この声をきくと、あたしの人間は玄関にとびだしてくる。いちばんはじめのときなど、ドアをいそいであけすぎて、あたしにぶつけたほどだった。まったくもう！

あたしがおこって鳴きたてると彼女はあやまった。あたしを抱きあげて謝罪の言葉をささやいたあと、これからはもっと気をつけると約束した。そこであたしは彼女にドアは裂け目程度にあければいいと教えてあげた。それだけあけば、あたしは幽霊みたいにすべりこめるもの。なかに入るとあたしはそこにただじっとしていた。彼女があたしをごはんのボウルのところに運んでくれるまで。

三つ目の命令はごはんのこと。しっぽをひゅんひゅん動かして、おでこをしかめ、声をふるわせて、あたしはこう要求する。〃ごはんにして、いますぐ〃この命令はいつもすてきな結果をもたらした。あたしの人間がおいしくないものをだすことなどまずなかったから。

あたしは本能的に冒険好きだから、水のみ場はあちこちに必要。だからあたしの四つ目の命令は、あたしの望む場所にお水を持ってきて、というものだった。新しい場所にいこうと決心した場合、あたしはまずそこにいき、ゆったりとすわる。頭を堂々とかたむけて、余裕たっぷりにしっぽを揺らす。そしてしずかにみゃあんと鳴く。短く鳴いては彼女をみる。たちまち、彼女は水を持って駆けてくる。

五番目の命令――〝あたしの毛を指で梳いて〟――は、あたしのよろこびに不可欠なものであり、しかもあたしがしてほしいときにだけなされなくてはならない。トレーニング期間中、あたしはよく彼女の膝にとびのって、二、三度くるくるまわり、彼女の太ももを足のうらでこねると、そこに落ち着いて昼寝をした。するとかのじょはきまってあたしをなでるのだ。たのみもしないのに！　あたしは瞬時に床にとびおりて、大またに歩き去った。

数分後、あたしは彼女の膝の上にもどる。今度はのどを鳴らし、彼女の手をそっとつつき、しっぽを身体のまわりで輪をかくように動かす。彼女があたしの毛をなでても今度はとびのいたりしない。ああ、こうでなくっちゃ。彼女はあたしがこの三つの明白なサインをださない限り、あたしの毛に触れちゃいけないということを学んだ。

この命令のおかげで、あたしは彼女の手がなくても眠れるようになった。彼女がうっかりあたしの毛皮に手をのせたら、あたしはすぐにふり払うか膝からとびおりるかしなくてはならなかったから。教えるっていうのも大変なのだ。でも、必要なこと。

六番目にして最後の命令に対する彼女の反応はよろこばしいものだった。あたしはときどき彼女の爪であごをかいてもらいたくてたまらなくなる。この命令を教えるのに、あたしは表情としっぽの動き、それに長くのばした鳴き声を使った。みゃあああん、と鳴いたあと、あごを彼女の手にこすりつけ、しっぽを前後にひゅうひゅう振る。彼女はすぐにあたしのあごをかくことを覚えた。あたしは頭をうしろにそらし、よろこびにのどをごろごろならす。

こうしてあたしたちの訓練期間は終了した。あたしは辛抱づよかったし、彼女はとてものみこみがよかったと、あたしは思う。

＊

しかしながら、六つの命令を教えるだけではじゅうぶんではないのだ。彼女はあたしの沈黙も学ばなければならなかった。

〝おもてにだして〟と言って鳴くかわりに、あたしはドアのそばにすわり、彫像のようにじっとしていた。あたしの沈黙はじょじょに彼女の意識にとどき、彼女はそれまでしていたことを中断して、あたしの用事にこたえるためにとんできた。

あたしの人間がすぐにおぼえたもう一つの沈黙の命令は、〝探険できるようにひきだしをあけて〟だ。あたしはこれを、ひきだしの前にただじっとすわっていることで彼女に教えた。しばらく一心にひきだしをみつめ、それからふり返って彼女をじっとみる。しまいには、あたしの静寂の深さが彼女の注意をとらえるのだ。猫の沈黙は強力なの！

訓練中ずっと、あたしはひとつの根本的信念を固守していた。あたしたちの関係の主導権をとるのはあたしだ、という信念だ。あたしの人間に名前を呼ばれても、あたしは無視した。その場所にじっとしたまま、あたしは彼女の声をきく。「ダルシー！　ちょっときて！　お願いよ」片耳をほんの少し——なんとなく尊大に——動かして、あたしは彼女に、彼女の懇願がちゃんときこえていることも伝える。

でも、ふりむいてはあげなかった。しかるべき時間をおいて——あたしは身体をなめ、立ちあがってのびをして、だるそうにしっぽを左右に揺らし——それからやっと、涼しい顔で、彼女のところにのんびり歩く。つまり、支配しているのはあたし、ということ。

痛いめにあう

ある秋の日、あたしの人生を変えるような一大事がおきた。朝、あたしは車寄せに停《と》めてあった家主の車を探険していた。暗くてへんなにおいのするその車の下にもぐりこみ、おちついて眠ろうとした。すると突然車がうなりだしたのだ。痛みが身体をつらぬいて、あたしは車寄せになげだされてしまった。皮と毛でかろうじてくっついているしっぽがぶらんぶらんしていて、あたしはすこしでも楽になろうと、あたしの人間のベッドまでよろよろと歩いた。血がキルトにてんてんとつく。一日じゅうあたしはみじめに横たわっていた。彼女の声と手を恋しくおもいながら。

何時間かすぎて、彼女が帰ってきた。ドアに鍵をさしこむ音がきこえ、あたしはよろめきながらキッチンに入っていった。「ダルシー！　きょうはどんな一日だった？」あたしはうめいた。彼女はすぐにあたしを抱きあげて、ぶらさがったしっぽに気がつき、もう少しであたしを放りだすところだった。「ダルシー！　なにがあったの⁉」彼女は叫んだ。「ひどく痛むでしょう？　すぐになんとかしなきゃいけないわ」

あたしたちはおもてにとびだした。あたしは彼女の腕にあらがってもがいた。もう二度と車になんか乗りたくない。あんな邪悪なけものは二度と信用するものか。

運転をしながら、あたしの人間はあたしを肩に抱き、恐怖をやわらげようとささやきつづけてくれた。「大丈夫よ、ダルシー。きっと大丈夫。私が守ってあげるわ。大丈夫。誰にもあなたを傷つけさせないわ」

あたしはジューイにつれていかれた。でも一目みてあたしはこのジューイに嫌悪感をおぼえた。親切すぎる感じ。ジューイはあたしの人間に、注射の準備をするあいだ、あたしをテーブルにおさえつけておくように言った。彼女はあたしをそっとおさえた。でも、このひとの注射はデイトンのジューイの注射とは全然ちがった。皮膚をぴんとはらないのだ。彼はただあたしに向きなおり、がばっとおおいかぶさって、ふるえているあたしに針をつきさした。

急な痛みにおどろいて、あたしはとびあがり、床におっこちてしまった。壁から棚の前、棚の前から部屋のすみへと、あたしはちぎれかけのしっぽをひきずってよたよたと歩いた。不愉快な針はあたしの背中でぐらぐら揺れている。ついにあたしは気をうしなった。あたしの人間のわめき声をききながら。「なんてことするの⁉ そんな注射のしかたってないじゃない。ひどいわ。ダルシーが痛がってるじゃないの。なんてひとなのよ」

目がさめたとき、あたしは金属の棒のはまったいやなにおいの箱によこたわっていた。あたしもいやなにおいだった。毛づくろいを始めると、しっぽがなくなっていることに気がついた。

ながい夜がすぎ、朝がきた。あたしはずっとこの檻《おり》のなかですごさなくてはならないのだろうか。そそられない食べ物のなさけないかたまりや、エーテルやら犬やらの臭気といっしょに。もう二度とあたしの人間には会えないのだろうか。

とうとう彼女がやってきて、あたしをそこからつれだしてくれた。痛みと、おぞましいにおいと音に満ちたあの場所から。あたしはもうくたくたで、彼女の手をなめることができなかった。鳴き声さえ疲れていたと思う。でも、彼女はあたしを抱き、愛の歌をうたってくれた。

ダルシー
愛してるわ
ダルシー
しっぽのことは残念だったわね
ダルシー
それでもあなたは
世界一美しい猫よ

クリスマスをべつべつにすごす

冬のはじめにあたしたちはまたひっこした。率直にいって、あたしは移住にはもううんざりだった。でもあたしの人間は、今度は二人のよそのひとと住むのだと言う。「今度の場所は、あなたもきっと気に入るわ」彼女はうけあった。「農場なのよ。たっぷり散策できるわ。納屋にはねずみがたくさんいるし。あの先生たちと住めばお金が節約できるし、それに仲間もできる。あなた以外にってことだけど。冒険だと思わない？　ダルシー」

あきらかに彼女は理解していないのだ。猫は、なじみの場所にとどまっていたいものだということを。秘密のかくれ場所がじゅうぶんにみつかっていて、においもきちんと把握してあるなじみの場所に。

もっとも、当初の不安とはうらはらに、農場は興趣がつきない住み場所だった。かくれ場所やうすぐらい隅っこが山のようにあり、お日さまはあたたかく、なにやらとってもいいにおいがするし、ひろびろとした眺望とおいしいねずみ（彼女が言ったとおりの）がのぞめる。

農場ではとてもたくさんのことが起きた。あたしは子猫から成猫になったし、はじめての冬を経験した。そして、あたしの人間がどんなに予想不能かということも学んだ。

冬のさなか、彼女はまたスーツケースをつめだした。あたしは機先を制すべく、スーツケースのなかに横になったが、彼女は笑って、あたしをベッドにのせただけだった。あたしはすぐにまたスーツケースにとびこんだ。しかし、彼女はいぜんとして、ジーンズやらTシャツやらをつめつづけるのだった。ついに——あたしの妨害工作にもかかわらず——彼女はスーツケースのふたをしめ、ドアのそばに置いた。またどこかにいってしまうつもりなのだ。

ところが、次の日彼女はスーツケースだけじゃなくあたしのことも車にのせた。あ〜！　きっとまた一緒に旅にでるのだ。移動にはうんざりだったけど、あたしは彼女のいくところならどこへでも、結局ついていきたいのだった。

それなのに、そういうことにはならなかった。しばらくいくと、彼女は車を停めた。ほかの動物たちのにおいが鼻をつく。彼女はあたしを抱きあげて低い建物のなかに入っていき、こう言った。「クリスマスよ。ダルシー。私はスティルウォーターにいる友だちをたずねようと思っているの。二週間ほどどるすにするけれど、ちゃんと戻ってくるからね。約束するわ」

彼女はあたしの頭のてっぺんにキスをして、毛皮を指で梳《す》き、あたしの目をじっとみつめようとする。でもあたしは目をそらした。二週間なんてあたしにわかると思っているの？　彼女が戻ってくるって保証がどこにあるっていうの？

＊

JUDY J. KING

わびしい日々がすぎた。彼女はやってこない。一体なんだって彼女はあたしをこんなところに置き去りにしたのだろう。無気力な猫やうるさい犬のただなかに、がまんならない、いやなにおいのただなかに、そして、夜中にぶらぶらすることもできないような、こんな小さな檻のなかに。二週間というのは一体いつになったらおわるのだろう。

さらに何日かがすぎて、あたしは食べるのをやめた。檻のなかにだらりと横たわり、眠ってばかりいた。女のひとが食事を檻のなかに入れてくれたけど、あたしはそのぐちゃぐちゃした食べ物のにおいをかぐために、頭を上げることさえしなかった。毛づくろいもしなかった。一日じゅうぼんやりと、恋しがってばかりいた。

女のひとが、くしゃくしゃに毛の乱れたあたしの身体を檻からだして、抱きあげて揺すった。あたしに食べるよう懇願《こんがん》する。彼女はあたしの毛もとかしてくれた。でも、このひとはあたしの人間じゃない。親しみにみちた居心地のよさも、〝あたしの家〟の安心感も与えてはくれないのだ。あたしの頬はこけ、身体もやせた。

みじめな毎日だった。あたしの人間のいない人生。こごえる夜、あたしはたえず疑問にさいなまれ、うめくように鳴く。

あたしは捨てられてしまったの?
こんなに荒涼とした場所に
こんなに狭い檻のなかに
あなたはあたしを置き去りにしたの?
まさか　ありえない
それでも疑問はあたしにまといつき
あたしを挑発する
あなたはあたしを捨ててしまったの?

あたしには、彼女がそんなことをするなんて信じられなかった。まさか、あのひとがするはずがない。あたしは帰ってくる彼女に会うために、彼女におかえりなさいを言うために、生きていなくてはいけないのだ。だからここでの生活にきちんとむきあい、食欲もふるいたたせようと努めた。しかし、生きる決心をしてもなお、食欲は全然わいてこなかった。

そして、ある午後おそく、彼女はやってきた。檻から彼女の立っている場所まで運ばれながら、あたしは歓迎の声をあげつづけた。彼女が帰ってきた！　彼女はあたしを捨てたわけじゃなかったのだ。

「ダルシー！」彼女は言った。「会いたかったわ、ダルシー」あたしを胸に抱きしめる。それからあたしを身体から離し、彼女はあたしの目をじっとのぞきこんだ。「でもあなたやせたわね、ダルシー。どうしちゃったの?」

愛と歓喜のあまり、あたしは彼女の胸にしがみつき、それから爪を立てて肩によじのぼった。あたしの人間が帰ってきた！　あたしは孤児じゃない。

笑いながら、彼女はあたしを車まで運んだ。「ダルシー！　会えてよかったわ。あなたが大好きよ。とても考えられないくらい」彼女はあたしのひげをなでつけ、あたしのあごをかき、それからあたしのおでこにキスをした。

「ダルシー！　ダルシー！　あなたちっとも食べなかったんですってね。餓死しちゃうところだったのよ」彼女の声には恐怖がにじんでいた。あたしがどんなに彼女を愛しているか、これで彼女にもわかっただろう（そして、あたしにもわかった）。

かの流刑地《るけいち》から車でどんどん遠ざかるあいだ、あたしは前足を彼女の胸にかけ、うしろ足で彼女の膝の上に立ちあがっていた。何度も何度もあたしは彼女の顔に鼻をおしつけた。

あたしの人間は帰ってきた。はなればなれだったこの二週間は、あたしの人生のなかでいちばんつらい経験だった。フェリーのお腹にとじこめられるよりも、しっぽをうしなうことよりも、くりかえしひっこしをするよりも。このながい別離によって、あたしはまたしても、自分がなにを必要としているのか思い知らされる結果になった。

そのあと数カ月、あたしは彼女を熱烈に愛した。いつも彼女にそばにいてほしかった。夜は彼女の顔をそっとたたいて一日をおえたかった。夜の散歩にでる前に、ちょっと彼女のベッドにもぐりこみたかった。探険しているあいだにも眠りにおちるときも彼女の声をききたかった。それもこれも、彼女に置いていかれたときの、あの孤独感のせいなのだった。

喪失感というもの

冬が過ぎて春になると、あたしは奇妙な切望をおぼえた。はた目にもわかったにちがいない。それでオス猫たちは納屋にやってきて、遊ぼうとあたしを誘った。あたしの人間がうちにいるときはいつも、あたしは彼女にその日のお客様を紹介した。

儀式はいつでもおなじようにとりおこなわれた。あたしは威厳にみちた態度で彼女のほうへ歩き、あたしのうしろから、適度な距離をおいてその日のオスがついてくる。あたしは彼女の足元で立ちどまり、ふりかえって彼をみる。そしてあたしは一声鳴いて、彼女に彼の名前を教えてあげるのだ。彼女はかがみこんで、あたしの耳のまわりの毛をかいてくれる。それからおもむろに、その哀願者に話しかけるのだ。「こんにちは。調子はどう？」

彼女は礼儀正しく彼の返事を待ってから、会話をつづける。「すばらしい猫を見分ける目を持っているのね。ダルシーには私もぞっこんなのよ」

しかるべきあいだ――そのあいだにあたしの人間は、あたしたち両方（あたしの価値をみきわめたオス猫と、お行儀よくてかしこいあたしの両方）をほめるのだが――をおいて、あたしはあたしの崇拝者をつれて納屋にひきかえす。

あたしが子猫たちの父親に選んだオス猫は、あたしの人間もとりわけ気に入ったようだった。あたしが妊娠すると、オス猫たちは来なくなった。あたしはちっとも淋しくなかった。あたしはあたしの人間のそばにいられれば満足だった。あたしは一歳になろうとしていた。

体内に生命が育っているという神秘は眠気をさそい、あたしはよくリビングの窓の下の日だまりでまどろんだ。目をさましては毛づくろいをし、あたしの子宮に気持ちよくねそべっているはずの子猫たちのために、本能的に口をついてでてくる歌を口ずさんだ。

あたしの育てる子猫たち
やわらかな毛をなめてあげましょう
名前をさずけてあげましょう
かわいい声のいちいちを
ちゃんと聞き分けてあげましょう

あたしの育てる子猫たち
獲物のとり方を教えてあげましょう
糾弾すべきのら犬たちのことも
話してあげましょう

あたしの育てる子猫たち
徘徊のしかたをみせましょう
ふーふーいったりうなったり
気味わるく吠えたりする秘密の歌もきかせましょう

子猫たちがお腹に入ってから二ヵ月がすぎた。ある日、地下室の階段をのぼっていると、あたしの身体じゅうの筋肉が、濡れた子猫を一匹地面におしだしてしまった。あたしはすぐにあたしの人間のところへいって、哀れな鳴き声をだし、なにかおかしいことをしらせた。しっぽがちぎれそうになったとき、彼女はあたしの鳴き声を理解してくれた。きっと今度もわかってくれるにちがいない。

おびえながら、あたしは彼女を地下室のドアのところにつれてきた。ついさっきまであたしの身体のなかにいた、小さな猫のおちているところに。早く生まれすぎたのだ。すでにもう死んでいた。あたしの人間はそれをペーパータオルに包み、あたしを抱きよせた。あたしたちはジューイのところにいった。

このジューイは、あたしに針をつきさしてしっぽを奪ったジューイではなかったが、それでも、つめたい金属のテーブルにのせられ、身体を調べられるとあたしはふるえた。あたしはあたしの人間に懇願《こんがん》した。〝彼にあたしを傷つけさせないで〟彼女はあたしの名前をささやくように呼び、「痛いことはしないわ。私がさせない」とうけあった。

ジューイは慎重な手つきであたしのお腹をおさえた。〝どうなっちゃうの?〟あたしは彼女にたずねた。

ジューイは彼女にしばらくあたしをおさえているように言った。「愛してるわ、ダルシー」彼女は言う。「心配ないわ。すべてうまくいくから。こわがらなくていいのよ。誰もあなたを傷つけたりしないから」そして、ジューイは彼女に告げたのだった。子猫は一匹も助からなかったと。一匹も!

彼女が帰ってしまったので、あたしはまたしてもひとりぼっちで金属の檻のなかにとりのこされた。自由をうばわれて。あたしはアンモニアやら排泄物やらの刺激臭がきらい。犬の吠え声がきらい。他人にさしずされるのがきらい。あたしの人間とはなれるのがきらい。

その夜、子猫たちはみんな死んで生まれてきた。あたしは彼らを全部失った。ジューイが注射をし、あたしは眠った。眠っているあいだにジューイがなにかしたらしく、目がさめるとあたしのお腹には黒い縫いあとがついていた。昼がすぎ、夜がすぎた。その次の日の夕方、あたしの人間がやってきた。うちしおれて、あたしたちは農場の家に戻った。あたしは二度と子猫をさずからないだろう。

いまやあたしにはうたうべき新しい歌があった。喪失の悲しみに満ちた葬送歌だ。

いってしまった
あたしの子猫たち　ちいちゃな者たち
生まれる前に
いってしまった

からっぽ
子猫もなく　夢もなく
からっぽ
いにしえの歌は止まってしまった

猫の神様に会う

日々はすぎ、春になるといつものようにジューイにいった。寂寥感《せきりようかん》のなかで。依然として、あたしはうたうことも、夢みることもできなかった。子猫たちはいなくなってしまった。そして、ある夕方、そのすばらしい出来事が起きたのだ。あたしとあたしの人間の身の上に。

あたしの人間は、いつも学校から帰ると夕食をとり、あたしと一緒に散歩にいく――原っぱか、未舗装の道路のほうへ――のだが、あるおそい夕方、日がおちて夕闇に包まれたころ、あたしたちは白樺《しらかば》林につづくでこぼこ道を、ぶらぶらと歩いていた。ここの白樺は人間たちがやってきては切ってしまう。うす暗くて、あたしの人間にはよく前がみえなかったので、あたしは彼女の先に立って歩いた。そうすれば、あたしの白い毛皮が月あかりに光るのを、彼女がめじるしにできるから。もっとも、あたしはしょっちゅう道ばたでぐるぐる歩きして、野生の花や草、雑草や小石のにおいをかいでしまったのだけれど。

そしてとうとう木の柵で道と隔てられている空き地についた。柵の向こうに、大きな木が一本倒れていた。月の光がそこに影をなげかけていた。あたしたちはその幹に歩みより、あたしは下生《したば》えを探険し、人間は幹に腰をおろした。

でも、すぐにあたしはこう鳴いた。〝抱きあげて〟

彼女はあたしを抱きとると、ほおずりをした。月と、林のいきどまりを、一緒に眺めた。ぴったりくっついたかたちであたしたちは静寂に包まれていた。あたしは、そっと満足の鳴き声をもらした。

そして、おどろくべきことが起こった。ふいに、夜の森からつよい風が吹いた。木々は抱きあって揺れ、葉は畏《おそ》れおののくようにふるえ、草はその栄光を前に頭をたれた。低いうなり声で、猫の神様があたしたちに語りかけた。神様の声はひゅうっときこえ、それはあたしの耳をいっぱいにみたした。神様のしっぽのまきおこした風は、あたしの毛を波立たせた。神様の威厳に、あたしもあたしの人間も圧倒されてしまった。うずまくような音をたてている、つむじ風のなかで。

それはほんの一瞬のことだった。次の瞬間にはあたりは静まりかえり、猫の神様のうなり声は夜にすいこまれていった。ぼうっとしながら、あたしは彼女の膝の上に落ち着いた。あたしたちはたったいまのすばらしい交信の余韻のなかで、しばし心を休めた。あたしは目をとじた。あたしたちは、猫の神様の声をきいたのだ。一心同体だった。そして二人とも、じきに何か新しい、すばらしいことが起こるのだと知っていた。ほかに、猫の神様の訪問が、どういう意味であるだろう?

＊

神様からの贈り物は、バートルビーだった。次の日にやってきた。たぶん、神様は、あたしのように特別な猫の友だちとして、あたしの人間だけじゃじゃじゅうぶんじゃないと考えたのだろう。

理由はともかく、あたしはバートルビーに、彼の生涯を通じてやさしくしてやることになったばかりでなく、彼を好きにさえなるのだ。

農場にやってきたときの彼の状態はひどいものだった！　毛には泥がこびりつき、耳はダニにすみつかれ、鼻は粘液に汚れ、めやにで目はかすんでいた。彼はまだ子供――およそ生後五週間――で、栄養失調だった。ひどくやせて、目はうつろだった。そんなかわいそうな状態であったにもかかわらず、あたしは猫の神様に、彼をどこかへつれ去ってほしかった。あの威厳あるうなり声と風の一吹きで。

そうはならなかった。

あたしの人間は、この哀れな子猫を家につれ帰り、あたしにみせた。においをかいでみたが、彼はひどく不潔なにおいがした。彼女はあたしたちを二匹とも寝椅子に運んだ。いままで二人で数えきれないくらいながい時間いっしょにすわったその寝椅子に。彼女はこの侵入者をあたしに紹介するために、説明しようとした。でもそれはちっとも説得力がなかった。

「誰かがこの子を袋に入れて、森に置き去りにしたのよ。ダルシー。ある女のひとがみつけたの。この子はそこで死ぬところだったのよ。この子には家が必要だわ。あなたはこの子にいろいろ教えてくれるでしょ？　信じて、きっとあなたもこの子が好きになる。みんなで暮らせばきっとたのしいわ」

たのしい？　あたしの人生は破壊されちゃうわ！

すぐに彼女はバートルビーをお風呂につれていった。あたしもついていった。お風呂がすむと、彼女はその子をきれいに拭《ふ》いてかわかした。すると、なんておどろいたこと。汚れの下にあらわれたもの、それは、美、だった。

あたしの人間がバートルビーを床におろすと、あたしは彼の毛をなめてやった。バートルビーはのどを鳴らし、あたしに身体をこすりつけてくる。ほんの一瞬、納戸《なんど》の箱とナターシャの温もりの遠い記憶がよみがえった。ほんの一瞬、古代からの記憶があたしをやさしい気持ちにした。

そして、まさにその瞬間、あたしは彼を育てようと決めた。

＊

ライバルではあるものの、バートルビーはやさしく、控え目な猫だった。彼はあたしたちを喜ばせることばかり考えている。あたしとあたしの人間を幸福にすることばかりを。彼は彼の立場をわきまえており、なんとかあたしに気に入られようとするので、あたしはなんとなく胸が痛んだ。彼はすばらしい行儀のよさで、あたしが猫用のトイレを使っているときには自分は遠慮をし、あたしの皿からごはんを食べることも決してない。

あたしはバートルビーに対し、もはや何の怒りも感じていない。結局のところ、偉大なる猫の神様は、バートルビーをあたしへの贈り物としてさずけて下さったのだ。あたしは彼より一年も年上で、身体もずっと大きかった。どうやって人間をしつければいいか、獲物のしとめ方や、非のうちどころのない優雅な跳躍のし方について、教えてやることができる。

バートルビーがあたしを指導者として頼るようになると、歌も、夢も戻ってきた。バートルビーがそのあたたかな身体をあたしに寄りそわせると、あたしは彼に、古くからつたわる猫の歌をきかせてやる。バートルビーはあたしが失った子猫であり、あたし自身だった。

ニューハンプシャーの農家では、東側の窓の前の日だまりで、あたしたちは一緒にくっついて眠った。バートルビーが家の外にでても大丈夫なくらい大きくなると、あたしは彼を、納屋や、お気に入りのねずみ穴に案内してやった。暖炉の灰のなかではなく、地下室にある猫用トイレで用を足すよう励ました——彼は灰のなかのほうを好むようだったけれど。また、彼の機敏な身体を包む毛がいつもふんわりとやわらかくつややかであるように、毛づくろいのし方も教えてやった。

一年年上の者として、あたしはバートルビーに、ジューイのとっぴな行いについて、ねずみたちのずるさについて、犬たちの粗暴さについて教えてやった。

バートルビーが子猫から成猫になっていくあいだに、あたしは彼にかつてあたしの人間に教えた、あの六つの命令を教えようとした。でも彼はあまり興味を示さなかったし、あたしには、猫語のニュアンスを伝えるべきしっぽがなかった。そうしてそれにもかかわらず、バートルビーは、目や、ひげや、ひたいを使って巧みに感情を表現するようになった。それどころか、沈黙という美徳については決して学ばないようでさえあった。彼は、一日の出来事をあたしの人間に報告せずにはいられないようだった。掃除をする彼女のあとを、家じゅうついてまわったり、彼女が誰かと電話で話しているときは、そばをうろうろした。彼女が食事をしているときは、膝にのった。

あたしは彼のひょうきんさが好きだった。彼はやっぱり神様からの贈り物だった。でも、あたしの人間は気づいていないのだが、彼は彼女の子供で、あたしは彼女の友だちなのだった。

＊

日がたつにつれ、あたしはバートルビーをいとおしく思うようになった。そして、困ったことに、あたしの人間もバートルビーをいとおしく思うようになったのだった。

彼女に抱かれると、バートルビーは彼女の指や顔を舐めた（あたしの舌は、決して彼女の手拭いにはならない！）。学校から戻ると彼女はバートルビーを抱きあげてなで、彼を〝ジョイ《よろこび》〟と呼んだ。テストの採点をするときは、バートルビーをティーカップのわきにまるまらせておく。散歩にでるときは、バートルビーを肩にのせて歩くのだった。

肩にのせたければのせればいい。あたしはどんどん先を歩いて、絶対駆け戻ったりはしない。

バートルビーばっかりみてればいい。あたしは彼女が部屋に入ってきても、知らん顔するから。あごの下をかいてもらっても、のどを鳴らしてなんてあげない。バートルビーに話しかけていればいい。あたしはもっとましなことをする。納屋の新しいねずみ穴を包囲するとかね。

胸の上のバートルビーといっしょに寝そべればいい。あたしは青いダウンベストの上で眠るから。あれはやわらかいし（アロエと黄色い石けんと、ベビーパウダーのまざった彼女のにおいがするからってわけじゃない)。

おんなじ枕でバートルビーと眠ればいい。あたしは階下の長椅子にねそべって、しかえしの計画を練るから。

あたしは一人でも平気。超然とする。尊大さも身につける。そうすればきっと、どうしたって、彼女も気づいてくれるだろう。

あたしは何日も、農家のまわりの野原を放浪し、逃げ足の速いねずみをつかまえた。人間におみやげなんて持って帰ってあげなかった。かわりに、つかまえたものはがつがつ食べた。でも、うろついたり、襲ったり、鳥の羽をむしったりしながらも、あたしは彼女への恋しさを、反抗的なおたけびにして、しぼりだしていた。


じゅうぶんじゃない!

彼女にはあたしではじゅうぶんじゃないのだ!

あたしたちのあいだに　べつの生き物を

わりこませてしまった
バートルビー　かわいい子
バートルビー　神様からの贈り物
彼をこばむことなんてできる?
あたしにはできない
でも　彼女
彼女は——ああ　なんてこと——
あたしの愛という天からの贈り物に
気づかない

共存すること

二年目の夏に、あたしと、あたしの人間と、バートルビーはスティルウォーターに戻った。彼女はすでに、猫と旅する方法を学んでいたので、あたしたちが足をのばせるようにたびたび車を停《と》めてくれた。あたしはつねに、休憩所の裏に向かった。どんどん奥に歩き、草深い土地や、神秘的な影にふちどられた濃密なしげみをさまよった。

あたしの人間は、バートルビーと一緒にあとからついてきた（バートルビーは、いつだっていい冒険者とはいえない）。彼女は彼を抱いて連れてくるか、そばを歩かせてずっとみてやるか、の、どちらかだった。あたしは丈高い草のなかや、うす暗いしげみにわけ入った。するとあたしの人間はたちまち警戒音を発した。「ダルシー、戻ってきて。迷子になっちゃうわよ。戻ってきてちょうだい」

あたしは彼女の嘆願を無視した。しかし、ひそかなやぶのなかへの散歩の速度をゆるめ、彼女に、いばらに分け入ってあたしを抱きあげるだけの時間を与える、という戦術をとった。彼女はあたしを車につれ戻した。それに対し、あたしは沈黙で報《むく》いた。あたしは芸術的なまでに無関心を装った。

「ダルシー、どうして何も言ってくれないの?」彼女は懇願した。何か言う? じゃあ彼女は一体どうしてあたしがこんなに欲している愛を与えてくれないの? どうしてあたしに居場所を与えてくれないの? そうすれば淋しくならずにすむはずなのに。どうしてなの? 彼女もまた拒絶の痛みを味わい始めていた。

あたしたちはハスヒルの小さなアパートに落ち着いた。ここであたしは新しい言葉を学んだ。フリーランス。あたしの人間は毎日うちにいるようになり、あたしは窓枠にねそべって、彼女が仕事をする様子を眺めた。ときどき、彼女はあたしに話しかけてきたが、あたしはそのたびに、日あたりのいいべつの場所に移動した。しかし、彼女の裏切りにもかかわらず、あたしは彼女がずっとうちにいるというのが気に入った。あいかわらず無視はしつづけたけれど。

冬のはじめ、あたしの人間はまた遠くにいってしまった。スーツケースに荷物をつめながら、彼女はあたしにこう言った。「ダルシー、クリスマス休暇に、あたしはインディペンデンスにある実家に帰らなくちゃならないの。去年のことを憶えてる？　ながかったのはあたしもわかってるわ。でも、いかなくてはならないの。父が病気だし。でも、去年もちゃんと帰ってきたでしょう？　今度も帰ってくるわ。あたしはいつだって帰ってくる」

でも、いくらそんな約束をしてくれても、彼女にいてほしいとつよく願うあたしにはなぐさめにならなかった。

バートルビーとあたしの食事の世話をするために、誰かが毎日やってきた。あたしには、そのひとはどうでもよかった。あたしの人間じゃないもの。でも、そんなふうにうちしおれてはいても、あたしはいちおうごはんを食べた。ニューハンプシャーで彼女に置き去りにされたときにしたような、食事の拒否はしなかった。

バートルビーとあたしは憂鬱な毎日を一緒に過ごし、人間というものがいかに信用できないかについて話しあった。あたしの経験は、もちろんバートルビーのとは違う。でも、彼はともかく耳を傾けた（バートルビーはいつだってきちんと耳を傾けるのだ）。淋しかった。ただ、それはニューハンプシャーで閉じ込められた、あの長い別離の寂寥感《せきりようかん》とはちがっていた。

それでもやっぱり、彼女が帰ったとき、あたしは彼女に背中をむけて、挨拶をしなかった。ドアにこっそり忍び寄り、息をひそめて、彼女がそれをあけるのを待った。そして、雪景色のなかにとびだして、まる三日帰らなかった。これまでなら、毎朝顔くらいみせに帰ってあげたものだけれど、今回はそうせず、彼女に心配させておいた。

風をよけられる茂みをみつけだし、あたしは眠ったり、風のつよい夜におもてをうろついているばかなねずみをつかまえたりし、植え込みのそばの家の、風下側に再び身を落ち着けた。荒涼とした風景が、あたしの愛に気づきもしない人間のそばからあたしをさそいだしたのだ。でも、彼女の引力のほうがつよかった。あたしにとって彼女はホームであり、世界なのだった。

だから、四日目の朝に、あたしはドアの前で鳴き声をたてた。あたしの人間は階段をかけおりてきた。いうまでもないが、彼女はあたしをみて、うれしそうだった。そして、それにもかかわらず、彼女はその日も、あたしだけのものでいてくれようとはしなかった。あたしが決して彼女を見捨てないことを証明したその日にも。

あたしはただ悲しかった。

＊

春がきて、夏がきた。あたしは、あたしの人間から離れて、戸外ですごすことが多くなっていた。ある秋の日、一匹のトラ猫が、あたしの背中にするどい歯をつきたてた。傷は、たちまちずきずきと痛みだした。

あたしは、それを誰にも打ちあけなかった。あたしの人間に治療や愛情を求めたりしなかった。耳のうしろをかいてほしいと頼んだりもしなかった。だから、彼女もあたしを孤独のままにしておいた。

ある朝、あたしは窓枠に横たわり、彼女の手の感触が恋しくてたまらなかった。なぜ自分で自分を追放するの？　なぜ惨めに横たわってなんかいるの？　愛をこめて、あたしはかすむ目で彼女をじっとみた。何も言わなくても、彼女にはきっと何かきこえたのだ。あたしのほうをみて、すぐにやってきてくれた。

彼女は、手のひらをあたしの毛にすべらせた。やさしい指が、あたしの背中の下のほうでうずいているうんだ腫《は》れ物をみつける。彼女に触れられると、あたしはたちまち愛情に包まれ、心がとろけるのがわかった。ほんとうのところ、彼女がそれを知っていようといまいと、彼女はあたしの人間なのだ。

「ダルシーったら、けんかをしたのね！　ずいぶん腫れているじゃないの。ひどく痛むでしょうに」

またしても、あたしたちはジューイにいった。あたしはジューイに眠らされ、目をさましたときには、傷はもうさほどずきずきしなかった。あたしの人間が、ジューイと何か話していた。あたしはまだもうろうとしていたが、ジューイが、猫と伝染病と死について何か言っているのがきこえた。彼女から、たちまち恐怖のにおいが発散された。

のら犬との対決

三度目の冬に、あたしはふとった。あたしの人間はいつだってボウルにごはんをいっぱい入れておいてくれたし、あたしは憂鬱になるとつい足が台所にむいた。春がくるころには、窓枠にとびのるのも大変になっていた。

その、生涯四度目の春に、ある夜、あたしは植え込みのなかにいるところを、やばんな犬の集団にみつかった。あたしはあたしの人間に助けてもらおうと叫び声をあげたが、彼女はもう眠ってしまっていた。

あたしの声がきこえていれば、絶対助けにきてくれたはずなのに。犬たちはやかましく吠えたて、あたしのにおいをかぎまわった。あたしの居場所を踏み荒らした。やつらのうなり声にあたしは怯《おび》え、やつらの残忍なきばはひかっていた。どの犬も興奮して身をねじっていた。あたしはそばにあった木に向かって逃げた。もしあたしにながい尻尾があったら、やつらのどうもうなあごがそれにくいついて、あたしは闇のなかにひきずり込まれていただろう。

五フィートも手前から、あたしはその木にとびついた。重すぎる体重さえ、安全を求めて高い枝に疾走するあたしの邪魔はできなかったわけだ。下では、犬どもが無念さにうなっていた。そいつらは一晩じゅう木の根元で待ちかまえていた。闇のなかで、その身体はおそろしげにみえた。すごく怯えてはいても、あたしは挑戦的に、ふーっと言ってやった。

おいき！
いってしまえ！
こののら犬ども

やばんなものども
やじゅうども
あたしはおまえたちの
するどいきばの
待ちのぞんでいるごちそうになんか
ならないんだから
おいき！
さっさといきなさい
あたしをしずかにほうっておいて

夜が深まるにつれ、犬たちの影は闇にとけこんでみえなくなった。

朝がくると、あたしの人間の声がきこえた。「ダルシー！　ダルシー！　どこにいるの？」

あたしは鳴いた。やがて彼女が木の下に現れ、あたしのしゃがみこんでいる枝をじっと見上げた。「ダルシー、おりていらっしゃい。早くおりてきて」

　あたしは動けなかった。恐怖のあまり、木の上でかたまっていたのだ。やつらがどこかに身をひそめていて、いきなり襲いかかってくるような気がして。

　一日じゅう、あたしはそこで、彼女が助けにのぼってきてくれるのを待っていた。自分でおりていくことはできなかった。枝から幹に移ることさえできなかった。

　あたしはその夜も木の上ですごした。次の夜も。昼も夜も、あたしの人間はやってきて、おりてきてと懇願した。あたしは動けなかった。

　次の日の午後、赤い帽子をかぶった人間たちが数人、みたこともないくらい大きなトラックからおりてきた。木にはしごをかけ、そのなかの一人がのぼってくると、あたしを腕に抱きとった。そのひとの肩の上で、あたしはほとんど半狂乱になってあたりを見回した。犬どもはどこ？

　地上ではあたしの人間が待っていた。「ダルシー！　あなた大丈夫？　心配ないのよ、誰もあなたに危害を加えたりしないから」あたしは身ぶるいした。あい

JUDY J.

つらはどこなの?

　彼女はあたしを家につれて帰った。あたしは疲れ果て、その夜はもちろん次の日も、一日じゅう眠った。でも、眠りながら、あたしは彼女があたしの毛をやさしくなでるのを何度も感じた。

＊

　その春のあいだ、バートルビーと、あたしの人間とあたしは、また、ながい冬のあとでノースヒルの夕方の散歩を再開した。これは、ここで最初の秋をすごしたときからの、あたしたちの習慣だ。都合さえつけば毎日、あたしたちは一緒に近所を歩きまわった。バートルビーとあたしがよその庭を偵察しているあいだ、彼女は歩道で待っていた。その家の人間たちは、ポーチにすわってあたしたちを眺めたり、挨拶をしてくれたりした。あたしは庭をつぎつぎ散策し、しげみを探険し、虫を追ったり、かくれた敵のにおいをかぎわけようとしたりした。犬のにおいがしたり吠え声がきこえたりすれば、一目散に彼女の元へ走った。あたしの人間はちゃんとわかっていて、あたしを抱き上げて安心させてくれた。そういうとき、あたしは彼女の腕に心地よく抱かれながら、ほんの一瞬だけれど忘れてしまうことがあった。自分が彼女から距離をおき、超然とした態度でいると決めたことを。

人間の悲しみ

その春――つまりあたしの四度目の春――、あたしたちはハスヒルからひっこした。いくつものかくれ場所のある、すっかりなじんだにおいのする土地を離れるのはつらいことだ。町の南側にある今度のアパートは、いままでよりひろいのだと、あたしの人間は説明してくれた。「また二階なのよ。ダルシー。だからご近所を眺められるわ。窓もたくさんあるし、日だまりもたくさんできるわよ」

たしかにひろい家だった。バートルビーとあたしが探険するのにじゅうぶんなひろさの部屋ばかりだ。バートルビーはなかなか興味深い猫に成長した。あたしがあたしの人間を無視しているとき、彼はかなり満足のいく仲間だ。あたしの要求をすべて満たすというわけにはいかないけれど、バートルビーの存在は、あたしにある種のなぐさめをもたらす。

＊

しかし、人生は変わり始めていた。新しい家での日々が過ぎるなかで、あたしは孤高を放棄することにした。そうするよりないくらい、あたしの人間があたしを必要としていたのだ。彼女は夜中によく泣いていた。あまりにも悲しそうだったので、あたしはそばにいって膝にのってあげた。彼女があたしを抱くことができるように。

うしろ足ですっくと立って前足を彼女の胸にあずけた。彼女の顔をそっとつついたり、ほっぺたをやさしく舐めたりしながら愛をこめてのどを鳴らした。彼女はためらいがちにこんなことを言った。

「ダルシー、ただひどく悲しいだけなの。自分がきらいになりそう。自分がこんな人間だったなんて思わなかったわ」

これは奇妙にきこえた。だってあたしの目には、彼女はあらゆる面で——あたしだけを愛しているわけじゃない、という点をのぞけば——かなり満足のいく人間にみえるから。これからも、あたしたちはいままでどおり一緒に暮らしていくのだし、あたしは彼女にもっと幸せそうでいてほしかった。子猫のころに出会った、あの人間のままでいてほしかった。

彼女をなぐさめるために、あたしは以前のように、彼女の膝のうしろのくぼみで眠ることにした。思いつくかぎりのありとあらゆる方法で、あたしは彼女に、彼女が悲しいとあたしも悲しい、ということを伝えようとした。あたしは彼女に、しばらく差し控えていた愛情を全部与えた。

彼女に抱きあげられたとき、あたしは彼女の目をみてこう鳴いてみた。〝心配しないで。大好きよ〟彼女が必要としている言葉だったのに、彼女は猫の言葉をまだ理解していない。あたしの〝みゃおん〟に込められたニュアンスもしっぽの名残の振幅も、彼女は読みとれないようだった。

つらい日々は何カ月もつづいた。あたしの人間はどんどん生気を失っていく。彼女のお父さんが亡くなって、彼女はとても胸をいためた。でも、彼女を苦しめているものは、ほかにもなにかあるようだった。

いまや、あたしたちの家に歌はなかった――かつて、彼女はうたうのが好きだったのに。部屋のなかに笑い声がひびくこともなかった――かつて、彼女はいつも笑ってたのに。お友だちが訪ねてくることもなかった――かつて、彼女はしょっちゅう誰かを食事に招《よ》んでいたものなのに。あたしの人間は、心ここにあらずだった。

*

秋になると、あたしの人間は数週間家をあけた。単調な日々がつづく。彼女は戻ってくると約束したけれど、人間の生活には予期せぬことも起こる。彼女は忘れちゃったのだろうか？　あたしのところにまた戻ってくる？　あたしはもう愛情のだしおしみなんてしていられない。彼女がどうしても必要なんだもの。

あたしの心の奥ふかくから、新しい孤独の歌がわいてきた。寂寥《せきりょう》の叫び。

どこにいるの　あたしの人間
あなたにとても会いたいの
帰ってきて　あたしの人間
あたしはここよ　知ってるんでしょう?
この悲嘆にくれた家のなかで
ひどくさびしく　ひどく陰気に
悲しくて　不幸で
こんなにもあなたを求めている
帰ってきて　あたしの人間
ダルシーはここよ
帰ってきて　大切なひと
ずっと　そばに　いて

そしてついに、彼女は戻ってきた。彼女がにっこり笑ったのをみて、あたしは腕にとびついた。彼女のぬくもりを身体じゅうで味わいながら、彼女のほっぺたに鼻をこすりつける。彼女のセーターを前足でおし、なつかしい彼女の腕のなかでよろこびにひたった。

彼女はベッドに横たわり、あたしを胸にひきよせた。あたしは彼女の肌をどこもかしこも舐めた。鼻に鼻をこすりつけると、彼女は笑い声をたてた。あたしを空中に持ち上げて、彼女はたのしそうにこう言った。「ダルシーなの？　これはほんとうにあのかわいい子？」あたしの人間が帰ってきた。しかももとのたのしそうな様子で。だからあたしもたのしくならずにいられない。孤高なんてもうまっぴら。もう彼女というよろこびを拒否することはできない。淋しさにつきまとわれるのはもうまっぴら。あたしに彼女が要るように、彼女にもあたしが要る。それでじゅうぶんじゃない？　たとえバートルビーが一緒でも、それでじゅうぶんじゃない？

災いにあう

その後すぐに、あたしたちはまたひっこしをした。スティルウォーターの、サウスヒルに。二階建ての大きな家で、あたしはすぐにここになじんだ。あたしの人間は猫用トイレを地下室に置いた。地下室にはキッチンからおりられるようになっており、ぜひもぐりこみたくなるような、魅惑的な物陰がたくさんあった。

あたしの人間は、猫に散歩が必要なことを知っている。この家も近所の環境も、彼女はきっとあたしのために選んでくれたのだと思う。ふらふら歩きまわるのにぴったりの場所だもの。はじめから、地下室の窓の一つを、彼女は夜じゅうあけっぱなしにしておいた。夕方になると、あたしは毎日そこから外にとびだして、ねずみやしまりすやもぐらといったごちそうの住む庭をうろついてかくれ家をさがした。ごちそうたちはどんなにこわかったことだろう。とがった歯とするどい耳の、こんな動物が近づいてきたら。

その夏、インディペンデンスに住むあたしの人間の家族が訪ねてきた。二人の大人と四人の騒々しい子供が、あたしたちの家を占拠して、うるさい音楽をかけたり、踊ったり、やみくもに庭を走りまわったりした。猫にとっては危険千万なことだった。

これは、バートルビーに衝撃を与えた。あたしの人間がよく歌をうたうとはいえ、彼女の歌は決して耳ざわりなものではなかったし、あたしたちの家はいつだってしずかで平和だったのだ。人間の子供のさわがしさは、彼の想像を越えていた。バートルビーは地下室に逃げこんで、物陰にかくれてうずくまってしまった。

三日後に、バートルビーはくやしさを行動で示した。なんて胸がすいたこと！　バートルビー――気だてがよく、陽気で、よろこびにあふれた――がかくれていたところからでて、きっぱりと地下室の階段をのぼり、居間に入っていったのだ。大またで、まんなかまで。彼の沈黙がみんなの注意をひきつけたところで、バートルビーは不快の意を表明した――じゅうたんに、食べた物を吐く、という方法で！

ぎょうてんしている人間たちから逃げ出して、バートルビーは大あわてで地下室の階段を下り、物陰にとびこんだ。あたしは彼の断固とした態度にみとれていた。彼のことが、どんなに誇らしかったことだろう！

＊

あたしの人間は、最近、バートルビーとあたしから離れた場所で、毎日たくさんの時間をすごしている。仕事にでかける最初の日、彼女はこんなふうに説明した。「ダルシー、あたしはもうフリーランスではないの。昼間はでかけてしまうけど、夜にはちゃんと戻ってくるわ」彼女は毎日いってしまうが、いつもちゃんと帰ってくる。あたしたちに会いたそうに、うちに帰れてうれしそうに。

日々がすぎ、あたしはあたしの人間の人生のなかで、自分に与えられた居場所をうけいれるようになり、バートルビーをかわいがるようにもなった。バートルビーとあたしは、互いに互いのやり方があることを学んだ。あたしたちは一緒に成長してきたのだ。じきにバートルビーは六歳半になるし、あたしはそれより一歳上だ。生きていく上で、あたしたちはどちらもあの人間を必要としている。

そして、ある秋の午後、彼女は家のなかにとびこんでくると、あたしをつまみあげ、はしゃいだ様子で言った。「おどろかせることがあるの！　子猫がくるのよ！」

なんですって？

そうして、彼女はタイバルトをつれてきた。あたしと同じ、黒と白の猫だ。でも、あたしたちの共通点はそれだけ。あたしはあんなふうに誰かに意地悪をしたり、敵意をむきだしにしたり、うぬぼれたり、ずるいことをして、自分自身をおとしめるようなことは絶対にしない。

あたしたちの家は、タイバルトにのっとられてしまった。

あたしの人間が揺り椅子にすわっているとき、タイバルトはバートルビーをおしのけて、彼女の腿にとびのってしまう。乱暴にも爪を彼女のジーンズにつき立てて、一人満足して膝の上に落ち着くのだ。床にすわってせつなげにあたしの人間を見上げているバートルビーを、タイバルトはすずしい顔でたたいたりする。

いつだって、彼女はバートルビーをとくべつかわいがってきた。いまやタイバルトが彼女の注意を惹きつけて、彼女の時間をひとりじめにしている。この事態を前に、バートルビーは途方に暮れている。あたしはしゃくにさわって憤慨している。

毎日、あたしはタイバルトの傍若無人《ぼうじゃくぶじん》ぶりを観察した。あたしの人間の食事の最中に、キッチンテーブルにとびのって食べ物をとろうとする。タイバルトをお皿から遠ざけておくために、彼女は一口ごとに腕で払いのけなければならなかった。それなのに、だ。それなのに彼女はタイバルトをほめた。〝いきいきしてる〟と言って。

彼をほめるだなんて！　侵略者を！

それどころか、彼女は爪とぎ柱を買ってきさえした。大きな、休んだりかくれたりする場所のあるやつだ。彼女はそれをあの子のために買ってきたのだ！　あの厄介な、いまいましい、苛立たしい、うるさい、理解できない、困りものの、うっとうしい猫のために！　彼女はどうしてこうも愚かで鈍いのだろう。

彼女は究極の反則を犯した。あたしだけじゃじゅうぶんじゃないのは認める。それはわかっていたけれど、バートルビーとあたしが両方いれば、彼女を満たすことができるのだと思っていた。彼女がさらに別な猫を必要とするなんて、あたしはぎょうてんしたし、怒りにかられ、そしてもちろん、とても悲しかった。彼女には、満足するということがないのだろうか。

再び孤独を選ぶ

日がたつにつれ、タイバルトはじょじょにその本性をあらわした。いやらしい、自分勝手な、そして強引な本性を。ある日、あたしの人間が揺り椅子にすわってサンドイッチを食べていると、タイバルトは、そのどん欲さのあまり彼女にとびついて、椅子の腕にのっていた彼女の指にかみついた！

バートルビーとあたしは、この侵入者に対し、それぞれ違う対処法をあみだした。バートルビーは、タイバルトのようにふるまうことに決めた。かつての、愛すべき猫だったバートルビーなら、あんなに横暴なふるまいはできなかったはずだ。でも、彼はかかんにも食事どきにテーブルにとびのり、彼女の注意をひこうとするようになった。

バートルビーがそんなことをしたとき、あたしの人間はバートルビーを叱りつけた。あなたはもっと分別があってしかるべきでしょう、と言うのだ！　彼女は、そうやってバートルビーを叱っているあいだも、タイバルトに微笑みかけていた。人間の考えることはわからない。あたしにわからないということは、誰にもわからないということだ。

タイバルトは、野性的で耳ざわりな鳴き声で鳴いた。一度きいたら絶対忘れられなくなる声で。彼はいつだって欲求をみたしたくてたけだけしくなっており、かん高い声やきーきー声で、叫んだり金切り声をあげたりした。そうするとあたしの人間は、なんとかして、彼の欲求にこたえようとする。だからバートルビーが彼女の注意を再び自分にむけるためには、バートルビー自身、タイバルトなみにさわがしく鳴きたてるよりなかった。

タイバルトは日ましに攻撃的になってゆき、バートルビーはあたしの人間をよろこばせたくて、だんだんごきげんとりになっていった。事実、バートルビーは彼女の〝お茶の間芸〟ともいうべきアクロバットに手を貸しさえした。これはよほど無感覚な猫でもない限り、とてもがまんできない芸なのに。

お客がくると、あたしの人間はバートルビーを、まるで生命のないただのボールみたいに空中に放り投げてみせるのだ。バートルビーはふわふわの毛玉のようになり、落下しながら四肢をおもいきりひらく。床に落ちる前に彼をうけとめて、あたしの人間は歓声をあげる。彼女が義務を怠っていることに腹を立て、バートルビーは、このいやなアクロバットに参加していた。人間というものが、いかに猫をばかげた様子にみせることができるかをみせつけるようなこのアクロバットに。

＊

タイバルトへのあたしの対処法はもっとシンプルで威厳のあるものだ。でも、一度孤独を放棄して、彼女に思うぞんぶん愛を与えることに決めたあたしには、これをするのにも努力が要った。

あたしはこのなわばり荒らしから自由になるために、いつもごはんをもらう食料貯蔵室にたてこもった。そこには二段になった棚と、洗濯機と乾燥機がすえつけられている。タイバルトのやってきた年の冬のあいだ、あたしは昼も夜もその棚の上段にのっかっていた。あたしの人間がそこで洗濯をするたびに、あたしは彼女をそこからひたとみすえた。すると彼女はあたしに向かって、「ねぇダルシー、あの子を好きになるように努力してみて。あの子はまだ子猫なのよ。いらっしゃい、そんなところからおりてきてちょうだい」と懇願するのだった。

あたしはそんなの無視してやった。

でも、閉じこもっていることの悲嘆から、あたしは一日悪態をつきつづけた。彼女に言葉が通じないのはわかっていたけれど、悲しみのひびきは聞きとってくれるはずだということもまた、わかっていた。

悪党

ごろつき
粗野な　やばんな　けだもの！
おまえのあの不気味な声なんか
消えてなくなればいい
のら犬どものきばが
おまえをひきさいてしまえばいい
皮膚病のかゆみが
おまえをほろぼしてしまえばいい
うるさくて眠れない夜が
おまえの上におとずれるように
毛は汚れ
闘志も失せて
あたしの人間がおまえを忘れますように
ごはんも与えませんように

おまえが永遠に
苦しみのただなかに落ちていくように

タイバルトが貯蔵室に入ってくると、あたしは彼にのろいの言葉を吐いた。ちびの頃はあたしののろいの言葉にすくみあがったくせに、いまじゃあたしの人間の愛を信じきっていて、食べるものを食べてしまうとしっぽをぴんと高く上げ、あたしに背中をみせてゆうゆうとでていった。

あたしは糾弾の歌をうたいつづけた。タイバルトには効果がなかったが、それでもあたしの人間は、あたしの悲哀の深さと、あたしの覚悟——あたしたちの中心に居すわっているタイバルトがいなくなるまで、貯蔵室にたてこもる覚悟——の固さをわかってくれただろうと思う。

夏になると、あたしは外で暮らした。ごはんを食べるとき以外、決して家のなかに入らなかった。タイバルトが来て以来、あたしはこの家の表側の部屋——つまり貯蔵室以外の部屋——に足をふみいれていないし、あたしだってあたしの人間に対して好きでこんなことをしているわけじゃない。でも彼女が無理やりあたしを抱きあげようとするときは、あたしははっきり顔をそむけて、腕からのがれようともがく。

＊

冬がくると、あたしは貯蔵室に戻った。まるまる一年、あたしは彼女を避けていることになる。彼女が居間の寝椅子で読書をしているあいだに、あたしは貯蔵室の棚で作戦を練った。彼女が二階で眠っているあいだ、あたしは家の裏を歩きまわって、陰険な考えをめぐらした。彼女は決定的なまちがいを犯した。問題だらけのタイバルトという暴君をあたしの家につれてくるなんて。あたしは彼を傷つけはしない――そんなのあたしのやり方じゃないもの。でも、言いたいことは言わせてもらう。

くる日もくる日も、あたしは嫌悪感もあらわに鳴いて、タイバルトがいなくならない限り、貯蔵室にとどまることを伝えた。

Corn Meal
SALAD
HONEY
SOAP
BLEACH
BLEACH
GELATIN
JUDY J. KING

そしてついにあたしの人間がやってきた。棚からあたしを持ち上げて、ぎゅっと抱きよせた。そしてあたしの毛をやわらかくなでながら、彼女はささやいた。「ごめんね、ダルシー。あなたのいうとおりだわ。ここはあなたの家でもあるんだもの。タイバルトがあなたをそんなに苦しめてるとは思わなかったの」

思わなかったですって？　どうすれば思わずにいられるの？

それからすぐに、タイバルトはいなくなった。タイバルトがでていって、玄関のドアの閉まる音をきくと、あたしは貯蔵室の床にとびおりた。今年になって初めて、リビングルームに入っていった。そこにはあたしの人間がすわっていて、すすり泣いていた。威厳にみちた態度で、あたしは彼女の膝にとびのると、うしろ足で立ちあがって、片方の前足で彼女のほっぺたをそっとたたいた。よくやったわ、とあたしは言った。よくやったわ！

彼女は泣きながら笑った。「農家のひとにひきとってもらったのよ、ダルシー。あの子はきっと農場が気に入るわ。ええ、気に入りますとも」

彼女はあたしの顔に指で触れ、それから頬ずりをしてくれた。何カ月もの打ち沈んだ月日のあとで、これはほんとうにすばらしい感触だった。彼女はなんていいにおいがすることか。あたしがどんなに彼女を愛し、必要としていることか。

もういちど、はじめから

あのいまいましいタイバルトがいなくなってすぐ、あたしはバートルビーの具合が悪いことに気がついた。あたしの人間もそれに気がついて、バートルビーをたびたびジューイにつれていった。でも、数カ月後、彼は体重が減り始めた。顔つきはげっそりし、目がとびだしてみえる。バートルビーはまだ八歳だが、でも急速に衰弱していった。

冬のおわりのころのある日、彼女はバートルビーをつれてでていった。ジューイのところから戻ってきた彼女は、重たいビニールの包みを抱えていた。涙が頬をつたっていた。

あたしは彼女のあとについてガレージに入っていった。彼女は慎重に包みをおろし、地面を調べてやわらかい場所をさがした。それからそこに穴をほり、包みを置いた。

「さよなら、バートルビー」彼女はしゃくりあげていた。「あなたは私のよろこびだった。忘れないわ。あなたを絶対忘れない。ここにやってきて、一緒に生きてくれてありがとう。愛してるわ」

命にいつかおわりがくることを、あたしはこうして知った。

あたしの人間は包みの上に土をかぶせ、穴をもとどおりに埋めた。悲しみに、彼女の生活パターンはすっかり乱れ、彼女は何日も何日も泣いた。あたしがほっぺたをそっとつつくと、彼女はあたしを腕に抱え、あたしの上に涙をぽたぽたと落とした。

「バートルビーはいっちゃったわ。ダルシー。いっちゃったの。バートルビーが天国にいるのはすてきなことよね。だってそうじゃなかったら、私は天国になんていきたくないもの」

＊

バートルビーがいなくなり、あたしもまた喪失感を味わっていた。この家に、愛する術《すべ》も、愛をうけいれる術も知っていたバートルビーはもういない。あたしは彼が恋しかった。ときどき部屋じゅう歩きまわって彼をさがした。バートルビーのお気に入りだった場所は全部調べたが、バートルビーはいなかった。バートルビーは、偉大なる猫の神様からの贈り物だった。

ながいあいだ、あたしの人間は悲しみにうちひしがれていた。あたしはどうしていたかって？　あたしは彼女にありったけの愛を示した。昔に戻ったみたいだった。あたしたちがはじめて出会ったあの年に。そして、あたしはかつてなかったほど、彼女にやさしくしてあげた。

彼女が寝椅子に横たわっていれば、あたしは彼女の胸にとびのって、ぐるぐると複雑なやり方でまわったあとで、そこに身体を落ち着けた。ニューハンプシャー以来、あたしが彼女にこれをするのは、彼女が誰かの死にうちひしがれているときだけだった。

いまやあたしは、彼女が朝食をとるときには必ずテーブルにのり、あごを彼女の腕にのっける。すると彼女はスプーンを置き、あたしをなでてくれるのだ。彼女の顔に微笑みがひろがり、彼女はあたしに愛の言葉をささやく。「私たち二人きりね、ダルシー。いろんなことがあったけど、こうしてほら、私とあなたと二人きり」

バートルビーがいってしまったので、あたしの人間は、夜、一緒に眠る誰かを必要としていた。彼女がベッドに落ち着くと、あたしは前足を片方彼女の首にのせ、鼻を彼女のほっぺたにのせて、身体じゅうで枕をこねる。鼓動をききながら、愛をこめてのどを鳴らす。あたしの胸が、その音を反響させる。彼女の顔をおどろきがよぎる。彼女はもう何年も、あたしがのどを鳴らすのを聞いていないのだ。あたしはあたしたち二人の人生の、バラードを口ずさむ。

眠りなさい　あたしの人間
自分にやさしくしてあげて

悲しいのはわかってる
バートルビーというよろこびが
あなたは恋しくてたまらないのね

あたしも彼が恋しいわ
あたしの子猫
あたしの家族

彼は神様からの贈り物
あなたへの
あたしへの

あたしたち二人への
あたしにはわかってる
狩りのあとの夜明けみたいに
まぎれもない真実
あたしたちもまた
贈り物

もうなにもいらないわ
あたしたちの愛、あたしたちの生活
じゅうぶんね
そう
じゅうぶん以上だわ
これも贈り物

なにもかも贈り物なの
きょうという一日も
きのうも　あしたも

あたしたちは
二人で
ひとつ
いままでずっとそうだったように

あたしはあなたの愛を
信じてる　あたしの人間
ねぇ　だから
あなたも信じて　どうか

あたしの歌になだめられ、あたしの人間はおだやかに言う。「わかってるわ、ダルシー。私たちは、いつも一緒よ。いつも」心地よさにのどを鳴らしながら、あたしはあたしの愛を全部与える。そして、彼女もまた彼女のそれを、与えてくれる。

理想の暮らし

バートルビーが死んでしまってからの数年間に、あたしの人間はあたしの鳴き声の微妙なニュアンスも、のどの鳴らし方のかすかな違いも学んだ。この八年間は、あたしにとって忘れられない月日だった。彼女にとってもそうだったと思う。

彼女の愛と保護の光に包まれた、やさしい思い出の日々。家のそばのやぶの下でお昼寝をしているときなんかに、あたしはよくあのころの夢をみる。あたしの人間は、人生の中心にあたしを据えている。彼女にとって、あたしは一人の人間だし、あたしにとって彼女は一匹の猫なのだ。

彼女には、あたしの望んでいることがわかる。何か伝えたいことがあるとき、あたしは彼女のところにいき、彼女をじっとみつめる。すると彼女はあたしをみおろして、やさしい声で言う。「なんなの？ ダルシー。退屈しちゃった？」

彼女に触ってほしいときは、お腹を上にして、手足を空中にあげる恰好でねそべればいい。彼女は絶対あたしをがっかりさせない。あたしの隣に腰をおろし、手のひらでお腹をゆっくりなでてくれる。何度も。そうやってあたしの毛なみを愛撫するのだ。それからあたしを横むきにさせ、皮膚や手足をもんでくれる。もちろん反対側も。

最後に、彼女はもう一度あたしをあおむけにして、二本の前足をぐーっとのばしてくれる。ゆっくり、慎重に。これのおかげで、あたしはいまだかつて、この年になったいまでも、関節炎に悩まされたことがない。このマッサージで、あたしの人間はあたしの関節を柔軟にし、気持ちを満足させてくれる。

＊

あたしの願いをききいれてくれて、彼女は毎日でかけていくのをやめ、再び家で仕事をするようになった。コンピューターを買い込み、黒い画面に映る緑の文字を、何時間もみつめている。あたしはそばにすわって彼女に話しかける。彼女はしょっちゅう手をのばしてあたしにさわり、あたしがどんなにすばらしいか、話してくれる。

ときどき、あたしがお腹を上にして寝そべると、彼女は足でやさしく愛撫してくれる。前に、後ろに。あたしが両手で彼女の靴をつかむと、今度はあたしを左右に揺する。

こうやって数年たつうちに、あたしは、自分が彼女に依存するようになったことに気づいた。彼女のいない家はあたしの家じゃない。彼女がでかけてしまうと、それがたとえ数時間でも、あたしは淋しくてたまらない。そして、彼女が帰宅するとあたしは歓迎の意を表するために、足にまとわりついたり、のどを鳴らしてこの新しい日々の歌をうたってあげたりする。

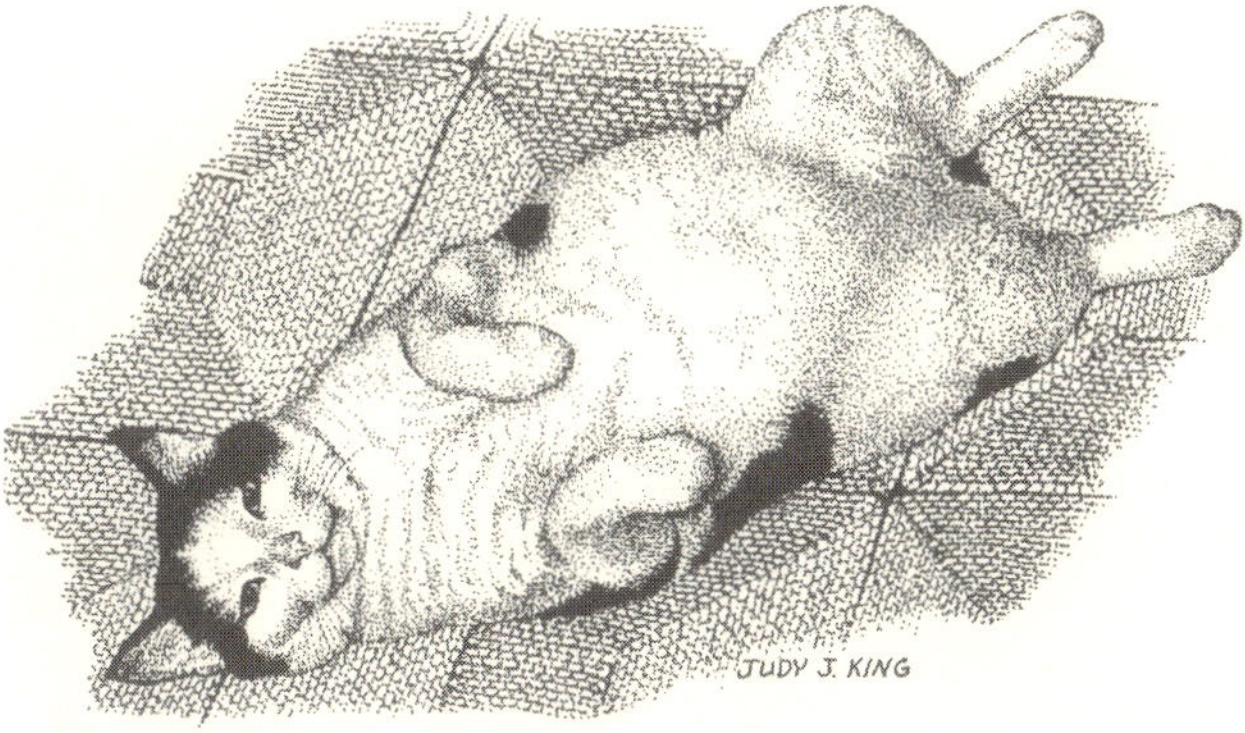
JUDY J. KING

あなたがうちにいるときだけよ
あたしの人間
あなたがうちにいるときだけ
あたしは満足することができる

あなたがいないと
寂寥《せきりょう》の日々　つまらない日々
あたしは眠り　あくびをし
あたしたちの家に
だれも近づかないよう
みはってる

あなたがいれば
心愉《たの》しく　温かい日々

あたしは夢見　歌をくちずさむ
身体をくねらせ
あなたの手をなめて挨拶をする

思い出をあげる
甘い幸福の思い出
永遠につづく幸福の思い出
みんなあたしの愛だから

あたしのそばにいて
ねえ　人間　ずっとあたしのそばにいて

＊

コンピューターで仕事をしていると、あたしの人間はたまにあまりにも集中しすぎて、あたしのことを忘れてしまう。一時間も無視されつづけ、彼女にみてももらえず、身体をなでたりお腹をマッサージしたりもしてもらえない、ということもある。あたしは彼女のそういうふるまいをめったに大目にみてあげない。どうするかというと、キーボードの前をゆうゆうと歩いて、スクリーンの上の小さく光る文字や画を、身体でかくしてしまうのだ。そうすれば彼女は思いだす。いちばん大切なのはあたしだっていうことを。

あたしが近づいて〝みゃあ〟と鳴くと、彼女は何をしていてもそれを中断し、あたしに注意を集中させる。そしてあたしを抱きしめるか、話しかけるか、一緒にお昼寝をするか、一緒におやつを食べるか、してくれる。コンピューターの仕事もわきへ置いとく。彼女はしばしば叫びさえする。「ダルシー、愛してるわ。あなたは私の宝物よ」と。

まるで猫みたいに彼女は幸福な瞬間の一つずつを愉しみ、しなきゃならない仕事について忘れることができた。人間にはめったにないことだが、彼女は現在に生きることを学んだのだ。

互いの望むことについて

あたしがどう抱かれたいかまでわかってくれるとは、あたしの人間はひげのない猫だといってもいい。あたしは彼女の胸におしつけられるように抱えられ、彼女の肩ごしに向こうをみるのは好きじゃない。お腹を前にして腕に抱えられ、彼女の顔を見上げられるような姿勢が好きなのだ。そうやって抱かれていれば、あたしをいとおしげにみつめる彼女と、視線をあわせることもできる。

あたしは彼女にくっついているのが好きだ。彼女が居間の寝椅子で本を読んでいるとき、あたしはしなやかな足どりで本をよけて彼女の胸の上に落ち着く。「あら、ダルシー」彼女はあたしに挨拶する。「元気？　ここですこし休憩する？」

彼女は決してあたしを床におろしたりしない。それどころか、あたしをそのまま胸の上で眠らせてくれる。そのあいだ、彼女はぼんやり考えごとをしたりして、活字の誘惑に屈することなくじっとしている。ときには彼女も一緒に眠ってしまう。目がさめると、彼女はあたしにやさしく話しかける。あたしたちが一緒にすごした日々のことを、一つずつ語ってくれるのだ。そしてようやく、あたしは彼女の胸からおりて、彼女に読書のつづきをさせてあげる。彼女は完璧だ。

また、彼女はあたしのためだけに、青い格子じまの毛布を持って帰ってきた。彼女はそれを、居間の椅子の上に置いた。彼女がるすのとき、あたしがいつもその椅子の上で眠っているからだ。彼女がうちにいて、たとえば読書をしているようなときも、あたしはよくその毛布にねそべって、愛をこめて彼女を眺める。ただおなじ部屋にいるというだけで、人生はじゅうぶんなのだった。

ときどき彼女はあたしのところにやってきて言う。「ダルシー、あなたは二十年も、それ以上も生きるわよね。約束してくれる？　生きるわよね？」彼女の声はあまりにあたたかく、あたしはのみこまれそうになる。でもあたしは何も約束できない。つねにいま、この瞬間だけが、あたしから彼女への贈り物なのだ。

＊

あたしの人間はしょっちゅうあたしを庭につれだして、彼女の気に入りの花の名前を教えてくれる。「これはアスチルベよ、ダルシー。それからこれは、おいらん草。こっちにあるのがビーバーム。ここにきても、あんまりこの花に近づいちゃダメよ。蜂にさされるから」

うちに戻ると、彼女はステレオで音楽をかけ、あたしを肩にかつぐように抱いて愛の歌詞をくちずさみながら、台所じゅうを踊りまわる。

あたしはほんとにこれが嫌いだ。でも、あたしは不満の声をあげたり彼女をひっかいたりしない——あたしはいままで一度だってあたしの人間をひっかいたことはない。かわりにあたしは遠くをみつめ、なんでもいいからダンス以外のことをしたい、と願いつづける。ようやく音楽がおわり、彼女はあたしをおろしてく

れる。

「たのしかったわね、ダルシー。ダンスってすてきじゃない？　私はダンスが大好きだわ」彼女がこれを好きだと言うのだから、あたしはがまんしてあげる。

＊

あたしは、高いところから世界を眺めわたすのが好きだ。しかし体重がふえ、年もとってしまったので、あたしはもう木のぼりが上手《うま》くできない。それであたしの人間は、いい場所をみつけてあたしにあたしの宇宙をみわたさせてくれる。高いところにのぼりたいという衝動に駆られると、あたしは台所にすわって天井を見上げる。

すると彼女はひきだしの前に椅子を置き、あたしを抱いて椅子にのり、カウンターに足をかけて、あたしを食器棚のてっぺんにのせてくれる。あたしはそこをうろうろ歩きまわったあと、下で立ち働いている彼女を眺めるのだ。高いところにあきると、あたしは沈黙することで彼女の注意をひきつける。忠実に、彼女はまた椅子にのってあたしを下に、おろしてくれる。

このころ、あたしは新しいゲームを発明した。床に横になり、あたしの人間がとおりかかったら、彼女の足をつかもうとするのだ。彼女はあたしのおどけたふるまいに笑い声をたて、あたしのとなりにすわってしまう。そしてあたしのお腹をなでたりかいたりしてくれる。彼女の指があたしの毛をかきわけ、やわらかな肌にやさしく触れる。

あたしはうっとりしてしまい、前足で彼女の手をつかむ。彼女のひとさし指を口にくわえてじっとみる。うしろ足で彼女の手を蹴ろうとする。そうやって、彼女にくっつこうとするのだ。でもあたしは絶対彼女に傷をつけない。こうしているとき、あたしは愛するあまり、彼女を食べてしまいたいと思う。あたしは自分の目がとろとろにとけるのがわかる。まちがいなく、彼女はあたしのだ。ときどきあたしはこうつぶやかずにいられない。〝どこまでがあなたで、どこからがあたしなの？〟

キャンプにいく

　バートルビーの死後何年も、あたしの人間は九月になると、友だちと一緒にどこかにいった。その数日前に、彼女はキャンプ道具を地下室から台所に持ちだした。コールマンストーヴとランタンが出現するとすぐ、あたしは一人ぼっちの日々にそなえるのだった。

　荷物を車に積みおえると、あたしの人間とその友だちは朝、非常に早く起きてでかけていった。きまってあたしにやさしい言葉をかけ、きまってあたしを恋しく思うことと、かならず帰ることを約束し、きまって最後の世話をしてくれて、でもきまってあたしを置き去りにするのだ。はてしもなくながい日々が始まる。

ああ、もちろんごはんをくれるひとはやってくる。でもそれはあたしの人間じゃないもの。ベビーパウダーのにおいもしないし、あたしのあごの下をかいてもくれない。揺りかごのような腕のなかで、あたしを揺すってもくれない。

＊

そうやって彼女が旅から戻ると、あたしはのどを深く鳴らし、ざらざらの舌で彼女を舐めて歓迎した。あたしが淋しがるにもかかわらず、彼女はこの旅を毎年くり返すのだった。

そういうことが数年つづき、ある年あたしは彼女の旅行中、食べることも毛づくろいすることもやめた。あたしの人間が戻ったとき、あたしはヨレヨレにみえたと思う。あたしたちは一緒に椅子に腰掛けて話しあった。あたしは鳴いたりのどを鳴らしたりして、その日々の孤独について訴えた。夜の暗さについて、おいてきぼりにされることの痛みについて。

あなたがいないと
くる日もくる日もまっくら
まっくらで　やるせない

あなたがいってしまうと
心がおもい
心が謎をかかえてしまうから
あなたはどこ
いつもどるのって
そればっかり

いかないで！
いかないで！

どこにもいかないで
二度と

お願いだから
ひざまずくから
どうか
愛してくれているなら
ここにいて

＊

その次の年、あたしはキャンパーになった。あたしたち三人――あたしの人間と、その友だちと、あたし――は、ディスタントパークめざして北へ進んだ。彼女たちはまずテントをはり、生活するためのこまごました準備をするあいだ、あたしをその狭いテントのなかにおしこんだ。あたしはただちに前にでて、いつでもとびだせるよう身がまえた。彼女がさらなる装備をとりに戻って入口をあけた瞬間、あたしはその布をひらめかせてとびだして、やぶのなかに駆け込んだ。まっくらで何もみえない。やぶのなかのその場所で、あたしは彼女がパニックにおちいって叫ぶ声をきいた。「ダルシー！　ダルシー！　迷子になっちゃうわ。戻ってきて！」

しのび足で、あたしは葉っぱのつもった場所にわけ入った。でも彼女は音をきつけて、あたしにとびかかってきた。「つかまえたわ！　ああよかった、みつけたわ」彼女はすばやくあたしをテントにおしこんだ。この出だしは、ちっともたのしいものじゃなかった。

夜は寒く、あたしはあたしの人間の寝袋にもぐりこんだ（いつもよりずっと寒く感じたのだ）。

次の朝、あたしが狭苦しいテントをでると、あたしの人間はあたしに首輪とひもをつけた。どんなに長い夜道ものともせず、いつだってちゃんと家に帰れるこのあたしに！　巧妙に身体をひねり、首をすくめて、あたしは首輪を抜いた。

そして、やぶをめざし、道路をかけおりた。彼女がいばらのなかまで追ってきて、あたしをおどすことはわかっていた。

次の日、あたしたちは二人で、キャンプ地のまわりを散歩した。それからというもの、あたしたちは一日に二、三回、この散歩を繰り返すことになった。朝、朝食をおえたあとと、午後、彼女がキャンプ地を離れてどこかにいき、そこから戻ってきたあと、それに夕方、火のそばにすわって読書やゲームをする前に。

実にまったくひげのない猫のように、あたしの人間は物事をわかっていて、あたしに好きなように散歩をさせてくれた。どっちへ行き、おもしろそうな場所のいちいちでどのくらい立ち止まるか、彼女はあたしに決めさせてくれた。だからあたしたちの散歩は、ときに一時間以上にもおよんだ。

あたしたちのテントのあるキャンプ区域はすいていた。キャンプ地のそばをとおりかかるたびに、あたしは道をはなれ、草のなかにさまよい込んで、たき火のあとのにおいや、テーブルにのこった油汚れのにおいをすいこみながら探険した。

あたしは犬がいたしるしをかぎわけたり、周囲のしげみの下のかくれ場所をた

JUDY J. KING

めしたり、水たまりの雨水をのんだりした（あたしはいつもよりのどをかわかしていたようだ）。

あたしの人間は道に立ち、あたしの完璧な探究能力を笑っていた。「そっちじゃないわ。ダルシー、よくにおいをかいでごらんなさい」彼女がいてくれることに満足し、あたしは彼女のいる場所に戻る。そしてさらにすこし進むうち、あたしはまた道をはなれ、別のキャンプ地を探険しにいくのだ。あたしはこの日々の散歩がたのしみだった。

夜出歩くときは、彼女はあたしに懐中電灯の光をあてた。あたしはそこかしこにひそむ動物たちのにおいをかぎながら、やぶのなかをすばやく移動した。でも、あたしが森の奥深くに入りこみすぎたときには、丈高い草のなかをよろめきながら彼女がやってきて、あたしを腕にすくいあげてくれるのだった。

＊

キャンプ地でのある夜、突然はげしく雷が鳴ってあたしは目がさめた。おびえてとびあがり、うなり声をだしながら、あたしの人間のお腹の上にどしんとおっこちた。

「ダルシー！　ダルシー！　大丈夫よ！　大丈夫」暗闇のなかで、彼女は腕をのばしてランタンを探した。あたしは寝袋のなかを駆けまわり、彼女の身体の安全なくぼみに身をよせた。湖にひびきわたる嵐の音をききながら、こんなのいやよ、とつぶやいてふるえていた。

　また別な夜には、おもてでなにかへんな音がして、あたしの人間がテントのチャックをあけて外をのぞいた。逆上したあたしはおもてにとびだしてしまった。

「ダルシー！　ダルシー！　まっくらでみえないわ。どこなの？　迷子になっちゃうわよ」

　あたしはピクニックテーブルの横を駆けぬけて、となりのキャンプ地にいった。そこにはキャンピングカーが停まっていた。ちょうどそのとき闇を稲光が走り、あたしの人間は、あたしの毛がぼんやり白く浮きあがるのをみて叫んだ。「ダルシー！　そこにいなさい」

あまりにもおそろしかったので、あたしはキャンピングカーの下に逃げ込もうとした。でもあたしの人間が身を投げだすようにして、あたしのうしろ足をつかんだ。あたしたちは二人とも、びしょ濡れの地面にすわりこんでいた。あたしは屈辱的な気分になって、ふーっといかりの声をだした。

彼女はあたしの身体をふいて、あたしを安心させるために小さな声で歌をくちずさんだ。あたしはその夜のほとんどを毛づくろいについやして、それから彼女のとなりのあたたかい場所にもぐり込んだ。

のんびりした日がつづき、ある朝あたしの人間とその友だちは、あたしを車に乗せて、テントをたたんだ。数時間後、あたしたちは家に帰りつき、あたしは貯蔵室にまっしぐらにかけこんで水をのんだ。

水と、あたたかな室内。あたしは嬉しかった。

病気になる

あたしがやけにたくさん水をのむ、とあたしの人間が気づいて、あたしたちはジューイにいって薬をもらった。これが十月のはじめのこと。

おもてを歩きまわる元気のないあたしのために、彼女はポーチのまんなかにマットレスを敷いてくれた。涼しい秋の日々のほとんどを、あたしはその上で眠ってすごした。マットレスはお日さまの光であたたまり、あたしは日だまりでまどろんで、走りまわる夢をみていた。

十一月のはじめには、あたしはポーチにでる力もなくなっていた。食欲もなくなり、あたしは食べるのをやめた。

　あたしたちは再びジューイにいき、あたしは一晩入院した。例の小さな檻にとじこめられて、あたしはあたしの人間が恋しかった。まわりにいるよその猫たちの生気のなさは、あたし自身の状態でもあった。

　次の日彼女がやってきた。あたしには、彼女に挨拶するだけの元気もなかった。彼女はあたしの檻の前に立ち、ジューイと、あたしについて話していた。あまりにも疲れていて、あたしには彼らの会話もとぎれとぎれにしかきこえなかった。ジューイがあたしの肝臓がわるいと言ったこと、あたしを眠らせてやるべきだと言ったこと。

　彼女は泣きだした。あたしはだるいのも忘れて檻に顔をおしつけた。彼女をなぐさめてあげたかった。でも、みゅうと鳴く力さえなかった。

「だめ、いまはまだだめです。せめてあと一日か二日、お別れを言う時間が必要だわ。バートルビーが病気になったとき、眠らせてやるべきだと先生がおっしゃって、そうしてしまったけれど、あれはまちがいだったもの。あのときもお別れを言う時間をつくるべきだった」

彼女の頬を、涙がいくつも伝いおちる。彼女は否定のしるしに頭をふって、それからあたしの檻のなかをみつめ、柵のすきまから指をさし入れてあたしのひたいをやさしくなでた。

「いやです。バートルビーのときみたいなのはいや。ダルシーはああいうふうにしたくないんです。ダルシーは。この八年間でわかったことがあるんです。お別れを言う時間を下さい。私たちはずっと一緒だったんです。ちゃんとお別れを言わせて」

ジューイが檻をあけてくれた。あたしの人間がそっとあたしを持ち上げて、あたたかな胸に抱く。「ああ、ダルシー」彼女はまた泣きだした。「あなたがいなくなったらどうすればいいの？　私はどうすればいい？」彼女の声は弱々しく、彼女はとりみだしていた。あたしは彼女のために、胸をいためた。

＊

悪い知らせとつらい出来事のあったそのいやな場所をでて、あたしたちは家に帰った。家は普段とまるで同じで、でもあたしは変わってしまっていた。

あたしたちは寝椅子に腰をおろした。彼女はあたしのわき腹に顔をうずめた。つやを失ってぱさぱさになったあたしの毛に、彼女の涙のあとがついてゆく。でもあたしはただ彼女の膝の上でじっとしていた。ものすごくだるかったから。

「ダルシー」彼女はしゃくりあげた。「二十歳まで生きるって約束したじゃないの。約束してくれたでしょう？　ねえ、死んじゃだめよ。死んじゃだめ」

あたしは彼女の言葉を理解した。でも彼女の声に込められた絶望感と苦しみを、言葉よりもはっきり感じとっていた。あたしは彼女を孤児にしようとしているのだろうか？　彼女を一人ぼっちにさせちゃうの？　そんなことはできないし、あたしは生きなくちゃいけない——彼女のために。

彼女はしょっちゅう泣いた。ときどきあたしを苦しいほどぎゅうぎゅう抱きしめたけれど、あたしはそれを許してあげた。彼女はあたしによくなってほしがった。でも、あたしは日ごとに自分が彼女から遠のいていくのがわかった。

彼女はあたしの大好きなツナと、すごくおいしい小麦粒のごはんをくれなくなった。かわりに彼女がくれたのは、缶づめとジューイにもらったドライフードで、それはどちらもおがくずみたいな味がした。

あたしは食べなかった。

「ダルシー、いままでのごはんはたんぱく質が多すぎるのよ。たんぱく質はあなたの肝臓に負担をかけるの。この新しいごはんを食べなくちゃいけないわ。そうしてくれなくちゃ。お願いだから食べてちょうだい」

あたしは聞いちゃいなかった。食べ物には興味がなかった。

あたしにすこしでも食べさせようとして、あたしの人間はあたしを貯蔵室につれていくと、自分もそばに横になった。缶づめのごはんをスプーンにのせ、あたしの口に近づけて、食べるように励ました。あたしは彼女をよろこばせるためだけにそのにおいをかぎ、ほんの一口のみこんだ。

「ダルシー、えらいわ。おいしくないのはわかってるの。でも食べて。お願いだから食べてね」

一口食べるたびに、彼女はとてもよろこんだ。でも、それは実際ねずみのふんのような味がしたし、あたしはほとんど食べられなかった。

何日かすぎ、あたしは今度こそ何も食べられなくなった。日ましに弱まり、皮ふはすっかりつやを失った。あたしの人間の腕に抱かれているときでさえ、あたしはだるくてぐったりしていた。

ついに、ある夜、彼女はボウルにツナを入れ、それをあたしの前に置くと泣きだした。でもあたしは彼女の涙にさえかまってあげられなかった。ツナがあまりにもおいしかったから。彼女があたしの背中をさすってくれているあいだじゅう、あたしはツナをがつがつ食べた。

「これでおしまいよ、ダルシー。これ以上がんばらなくていい。あなたをこれ以上がんばらせられないわ。最後のごはんをたのしむのよ」

彼女はあたしのとなりにねそべって、すすり泣いた。

次の日彼女はジューイに電話をかけた。電話の横の椅子にすわって、膝にあたしをのせて。

「つれていきます」と、彼女は言った。「これ以上私のわがままでダルシーを無理やり生かしておくことはできません。つれていきます」と。

そして、彼女はジューイにツナの話をした。彼女の表情が突然変わった。「ほんとうですか？　ああ、ほんとうに？　ありがとうございます。ありがとうございます」

電話をきると、彼女はあたしを抱きよせた。あたしは片方の前足で、微笑んでいる彼女にそっとさわった。彼女はよろこびに顔をかがやかせてこう言った。「ダルシー！　ツナを食べたっていうことは、あなたにまだ食欲があるっていうことなの。先生はそれをいい徴候だっておっしゃるの。これからは、ドライフードにツナ缶の汁をかけてあげるわ。そうすればきっと食べられるわ」

彼女はあたしの毛をなでて、あたしを高く抱き上げた。あたしたちが目と目をあわせられるように。「ダルシー、なんてすてきなんでしょう！　まだあなたをいかせなくていいのよ」彼女は泣きながら微笑んでいた。「別の治療をしている獣医さんがいるんですって。それを試してみましょう。私たち、もっと一緒に生きられるわよ。ダルシー！　もっと生きましょう」

あたしの人間は、その日ひさしぶりに歌をうたった。

光明がさす

翌朝、あたしたちは別のジューィにいった。あたしは具合が悪すぎて、いつも車にのるとするように後部座席の窓から顔をだして鳴きたてることはしなかった。あたしは彼女につれられて、小さな部屋のなかに入った。つめたい金属のテーブルにのせられる。やわらかな声で話す男のひとが、あたしを診察した。それから彼は、あたたかな食べ物ののった皿をあたしの前に置いた。あたしは興味を示さなかった。次に彼はあたしに注射針をさした。あたしは抗議のために弱々しい声をあげ、テーブルの上にくずおれた。顔が食べ物の上におっこちた。食欲を覚え、あたしの人間がうちでくれるのとおなじそのまずい食べ物を、あたしは数口のみこんだ。

　やがてあたしの人間は帰っていった。あたしはお別れを言う元気もなかった。あたしは一日じゅうそこにいた。ジューイはあたしに二度注射針をさし、透明な液体をあたしの身体に流し込むのだった。

　午後もおそくなってから、彼女があたしを迎えにやってきた。外にでると、あたしは一人ぼっちにされたことに腹を立てて彼女をくしゃくしゃにした。彼女はあたしを抱きしめた。「ダルシー、愛してるわ。私はあなたにすこしでもながく生きてほしいの。あなたが日々をたのしめるうちは、すこしでもながく。お医者様はあなたがもう苦しがってないっておっしゃったわ」

　あたしの人間はあたしの毛を指で梳いたり、あたしのひげをほっぺたのほうになでつけたりしながら歌をうたった。

「あたらしいお医者様は水療法というのをやってみましょうって。あなたを脱水症状から守る治療なの」

家まで車で帰るあいだじゅう、あたしは彼女の膝の上にいて、彼女は片手をずっとあたしにのせていた。やさしい声が、くり返しあたしの上にふってきた。「ダルシー、あなたの生きていてくれる一日ずつが、私には贈り物よ。でももしどうしてもいかなくちゃならない日がきたら、いかせてあげる。そのときがきたらちゃんと教えてね。あなたを苦しめてまでひきとめることはしないから」

あたしは彼女の言葉を胸に刻み込んだ。でも、依然として疲れ果てていた。今夜一晩もつのだろうか。あたしがいってしまったら、あたしの人間はどうなってしまうのだろう。

＊

うちに着くと、あたしは気に入りの椅子にまるくなった。青い格子じまのあたしの毛布のかけられた、茶色いコーデュロイの椅子に。頭を上げるのもおっくうだった。もうながくはもちこたえられそうもないなと思ったけれど、あたしの人間が椅子のそばに膝をつき、あたしの疲れた身体をなでてくれていた。彼女はあたしのひたいにそっとくちびるをつけた。あたしは彼女のやさしさに包まれている。彼女はあたしに生きながらえてほしがっており、あたしはそれを知っていた。そうしなければならなかった。

次の日、あたしの人間は、あたしののどに、大きな薬のつぶをおしこんだ。食欲のでる薬なのだそうだ。でも、それは全然違うふうにはたらいた。あたしの人生始まって以来のことだったのだが、あたしは腸のトラブルにみまわれた。

トイレにいきたいという信じられないほどつよい衝動を感じ、あたしは重たい身体をひきずって階段を下り、なんとか猫用トイレにたどりついた。排出したものはどろどろだった。あたしはもうよれよれで、そのまま汚物のなかに倒れ込んでしまった。おそろしくなり、あたしはよろめきながら階段を上がって、あたしの人間に訴えた。すっかり動揺して。

あたしをきれいにすると、彼女は悲しそうにこう言った。「ああ、ダルシー。かわいそうに。びっくりしたでしょう？　あなたはいつだってとてもきれい好きなのに。ごめんなさいね、ダルシー。びっくりしたでしょう？」

数時間後、あたしはまたおなじことをした。

あたしの人間はまたあたしをきれいにしてくれて、なぐさめるようにささやいた。

「いいのよ、ダルシー。あなたが悪いんじゃないわ。お薬のせいでこんな目にあうなら、お薬をやめればすむことよ。あなたにもうこんな思いはさせないわ。約束する」

彼女がジューイに電話をかけるのがわかったが、あたしは疲れすぎていて、会話に耳を傾けることはできなかった。次の日、彼女はおなじ薬の、ごく小さなかけらだけをあたしにのませた。朝と夕方に一かけずつ。あたしは薬が好きだったためしがない。だからこれものみたくなかった。でも彼女は無理にのませた。

実際、でも食欲は増進した。あたしは彼女のくれる食べ物をすこしずつ食べ始めた。彼女はこのごろそれをあたためてくれるのだが、あたためると味はすこしよくなった。

そうやって、冬がすぎていった。一日に何度も、あたしの人間はあたしに食べるようにすすめた。食べ物を電子レンジであたためて、あたしを貯蔵室につれていくと自分も敷物の上に腹ばいになって、スプーンであたしに食べさせるのだ。あたしには拒むことなんてできなかった。だから、すごくぐったりしていて食べたくなくっても、あたしはそのいやなかたまりをなんとかのみこんだ。

＊

あたしの人間が夕方くれる薬は、ときどき夜なかにあたしをすこし空腹にさせた。何か食べたいと感じたら、あたしはあたしの人間のところへいって、鳴いて空腹を伝えた。彼女はいつでもすぐに起きあがり、あたしを階下につれておりると、食べ物をあたためてくれた。あたしが食べているあいだ、彼女はとなりにねそべって、手のひらをあたしの身体にすべらせながら、眠気の残る声で、どんなにあたしを愛しているか、話しかけてくれる。あたしに食べられる量はほんのすこしだったけれど、それでさえ彼女をうれしがらせるのだった。

冬がすぎ、春になった。あたしは昼間も食べられるようになった、それであたしの人間は、夜なかに二度も三度も起きて、あたしにごはんをくれなくてもよくなった。あたしたちは、じょじょに、じょじょに、いつもの生活に戻っていった。

彼女はあたしの世話をする。あたしはそれに、全力で応える。

なぐさめを与えあう

毎週一度、あたしの人間はあたしの身体に、透明な液体を注入した。彼女の友だちの一人があたしをテーブルにおさえておき、彼女があたしの皮ふに針をさすのだ。すると、ビニールパックに入った透明な液体が、チューブを通ってあたしの身体に流れ込んでくる。

これは痛くなかったので、あたしは最初にすこし暴れるだけで、あとはおとなしくしていた。あたしの人間が望むことなら、あたしはちゃんとしてあげようと思っていた。一度だけ、彼女に針をさされるときに痛かったことがある。そのときはあたしも鳴き声をだし、不快さに身体をねじった。でも次の週からは、もうそういうことはなかった。彼女はいつも細心の注意を払っていた。

これをした翌日は体調がよかった——疲労感がすくなく、ゆったりした気持ちで、落ち着いていられた。だからあたしは、週に一度つきささる針が、そんなにいやではなかった。

この水療法にもかかわらず、あたしはほとんどいつものどがかわいていた。水ののめる場所がたくさん必要だった。かつては変化に富んだものが好きだったが、いまは簡単に、楽に水をのみたかった。どこにいても。

＊

病気になったばかりのころ、あたしは洗面台にとびのることができず、かつてしていたようにそこから水をのむことができなくなった。そこであたしの人間は、箱を三つ使って階段をつくり、洗面台のシンクをいつも水で満たしておいてくれた。昼でも夜でも、あたしがのどのかわきをいやせるように。

何週間かがすぎるうち、あたしののどのかわきはさらにひどくなり、あたしの人間は家じゅうに水を置いておくようになった——居間には黄色いパイ皿を、二階にはマーガリン容器を、貯蔵室にはガラスのボウルを、それぞれ水で満たして。あたしは土をくぐった水がとくべつ好きだったので、彼女はいくつもある植木鉢の下にそれぞれ特大のうけ皿をあてがって、どの植物にもいつもたっぷり水をやっていた。最近では、あたしはそれまで決してしなかったことまでするようになっている。トイレの水をのむのだ。

あたしはツナ缶の汁をかけてやわらかくしたドライフードや、そのほか彼女があたためてくれるものをちゃんと食べつづけていたが、それでも体重が減った。おかげで機敏になった。居間の椅子のてっぺんによじのぼり、そのうしろのアスパラガスの鉢植えにとびうつることもできる。あたしは発見したのだが、植木鉢というのは眠るのに実に具合のいい場所だ。ときおりあたしは自分が子猫にもどったように感じる。活力にみちて、すばしこい子猫に。

クリスマスになると、あたしの人間の友人たちが、おもちゃを送ってきてくれた。鈴のついた靴下や、吸盤のついたにんじんのぬいぐるみだ。あたしの人間は靴下をあたしの目の前にぶらさげた。彼女をたのしませるために、あたしはそれにとびかかった。彼女があたしの前にりぼんをたらせば、あたしはそれにつかみかかった。彼女がにんじん人形にダンスをさせたので、あたしはそれをひっかいてみせた。そんなことで彼女はとてもよろこぶのだ。

＊

あたしの体重が減るにしたがって、あたしの人間もやせていくことに、ある日あたしは気がついた。あたしたちのあいだには、以前から暗黙の了解があったのだ——もしどちらか片方がやせてしまったら、もう一方もやせること、という了解が。そしてあたしたちは二人ともやせっぽちになった。それであたしは以前より寒がりにもなった。

寒がりになったせいと、あたしの人間をなぐさめたいと思う気持ちとのせいで、あたしは彼女と一緒に眠るようになった。布団のなかにもぐりこみさえするのだ。

毎晩電気を消す前に、彼女は数十分読書をする。ベッドのヘッドボードに枕を立てかけて、そこに背中と頭をもたせかけ、膝を立てた姿勢で。毛布を首までひっぱり上げるので、彼女の膝のまわりはちょうどテントのようになる。

ベッドにとびのると、あたしはそのテントの下にもぐり込み、彼女のあたたかな足の上に顔をのせる。彼女が電気を消して横になったら、あたしは起き上がって毛布のなかに這い込み、彼女の胸のあたりに横たわり、彼女の手の上に顔をのっける。そんなふうにくっついて、あたしたちは暗い冬の夜をいくつも眠った。互いの身体から温かさを吸収しながら。

あたしは昼間も寒かった。あたしのために、あたしの人間は掛け布団の端を寝椅子の上にひっぱり上げて、椅子の腕を使って小さなテントを作ってくれた。そのなかであたしが眠れるように。

このながい冬のあいだずっと、あたしは毎朝居間の窓から外をみてすごした。夜のあいだに何か変わったことがないかどうか、世界をたしかめるために。あたしの人間は寝椅子に横たわって祈っている。あたしはそこで、きょう一日また生

きられそうかどうか判断し、大丈夫だと思えたら、寝椅子のうしろにまわりこんで彼女の胸にとびのった。そしてあたしたちは一緒に祈るのだ。偉大なる猫の神様にむかって。

彼女はあたしを注意深く観察し、しょっちゅうあたしを抱きしめた。あたしたちがお互いを選びあった日のことを、何度もくり返し話した。ニューハンプシャーですごした日々もくり返し回想し、バートルビーや、みんなで暮らした日々のことも、タイバルトのいた一年についても笑いながら話し、その軽率なふるまいについてあやまった。彼女はまた、あたしの愛と、一緒に生きた時間についてあたしに感謝した。彼女はいつだってあたしに感謝しているのだ。

夜になると、あたしの人間は寝椅子で再び祈った。あたしは彼女の胸の上に横たわり、祈りの文句に耳を傾ける。「エイブラハム様、どうかダルシーをお護《まも》り下さい。セアラ様、どうかダルシーをお護り下さい。イザック様、どうかダルシーをお護り下さい」

彼女はいろんな名前を列挙して祈った。「ペーター様、どうかダルシーをお護り下さい。アンドリュー様、どうかダルシーをお護り下さい。マシュー様、どうかダルシーをお護り下さい」

あたしの身体の上を、いろんな名前が流れていく。パウロ、ルーシー、セシリア、ベネディクト、スコラスティカ、ドミニク、アッシジのフランチェスコ、フィリップ・ネリ、ペーター・クラバー、マーティン・ルーサー・キング、ガンジー、ドロシー・デイ、トーマス・マートン、サイモン・ウェイル。

いったい誰のことだろう？

彼女が祈っているうちに、あたしは頭が揺れ始め、まぶたが重くなってくる。彼女の声のやわらかな抑揚に抗《あらが》えず、あたしは眠りにおちてゆく。

たよりにしあう

この、ながい、病気の冬のあいだずっと、あたしは春がくるのを心待ちにしていた。そしてとうとうそれがやってきたとき、あたしはまた外にでかけ始めた。太陽の光はあたしの毛をあたため、肌にしみ込んだ。いまやあたしは一日じゅう、ときには夜も、おもてですごす。お気に入りの場所のあちこちにねそべって。

昼間は、あたしの人間がしょっちゅう裏口の戸をあけて、あたしを探しにやってくる。彼女が呼んでもあたしにはもうきこえない。あたしは聴力を失ったのだ。冬のあいだにすこしずつ、あたしの聴力は弱まっていった。あたしは思う。ある朝起きて、これがお前の耳がきこえる最後の日だよ、と知らされたのならよかったのに、と。そうしたら、あたしの人間がささやいてくれる最後の愛の言葉を、あたしはどんなにかいつくしんだだろうに。

でも、事実はそうじゃなかった。あるとき、あたしは音が遠のくのを感じ、次の瞬間にはもう何もきこえなかった。あたしは、もう二度と、彼女の声のあのやわらかな響きになぐさめられることがないのだ。年をとるということは、実にさまざまなことを要求されるものだ。あたしたちはそれをうけいれなくてはならないし、たくさんのものをあきらめなくてはならない。あたしは彼女の声を失って、沈黙の世界に住んでいる。

いまでは、彼女が帰宅する音もきこえない。突然彼女の存在ににおいで気づき、ついで彼女の手があたしの毛に触れる。目をあけるともう彼女はそこにいるのだ。一体いつ帰ってきたというの？　あたしはどうして気づかなかったの？　もはや、あたしは彼女を出迎えるという役目を果たせない。このことはあたしを深く悲しませた。ながい日々をずっとまどろんですごしながら、あたしは新しい歌をつくった。老いの讃美歌だ。

音という音がいってしまった
犬のうなり声も
鍵のさしこまれる音も
ドアのきしみも
彼女の足音さえ
いってしまった　なにもかも

あたしの人間のうたう歌
あたしにはもうきくことができない
彼女のささやく声
すすり泣き　よろこびのためいき　そして笑い声
いってしまった　なにもかも

しかし愛のひびきはとどまっている
あまい思い出
言葉ではなく　なにかメロディのようなもの
やさしくとどまっている
あたしの胸のなかに

そんなふうだったので、春から初夏にかけてのこのあたたかな日々に、彼女が庭にでてきてもあたしはそれをききつけられなかった。ただ、においで彼女に気づいたときにはみゅうと鳴いて歓迎を示した。彼女はひざまずいてあたしをなでた。植え込みの下の、あたしのかくれ場所で。彼女の手はなんてやさしいのだろう。彼女の指はなんてあたたかく、彼女の表情はなんてすてきなのだろう。

ときおり、彼女はあたしを植え込みの下から抱き上げて話しかけた。あたしにはもう聞こえないのだが、それでも言葉の一つ一つが愛なのがわかった。

あたしを腕に抱いたまま、彼女は、その、四季を通じて何か花の咲く庭を歩きまわった。彼女のくちびるが動く。あたしには、彼女が花の名前を教えてくれているのだとわかる——アスチルベ、きんけいぎく、デイジー、ビーバーム、ユリ、ベイビーズブレス、それからあたしの気に入りのケマンソウ。

それから彼女は元の場所に戻り、あたしを元いた地面に戻してくれる。この上もなくそうっと。一日に何度も、彼女はやってきてあたしに話しかけ、あたしの毛をなでて、あたしを抱いて揺らし、あたしに微笑みかけて、彼女の愛を示すのだった。あたしたちはもう二人ではなかった。二人で一つなのだった。

＊

春に、一度こんなことがあった。突然にわか雨が降り、夜だというのにあたしはおもてに閉じこめられた。以前ならいつも、あたしの人間がポーチのドアをあけ、雨だから家に入りなさいと言ってくれた。あたしは小道をすっとんで帰ったものだ。でも今回は、あたしには彼女の声がきこえなかった。それであたしは仕方なく、植え込みの下にうずくまっていた。どしゃぶりだったので、植え込みは雨よけとしてたいして役に立たなかった。

いきなり目の前に彼女の靴がみえた。迎えにきてくれたのだ！　その瞬間、あたしは彼女に腹を立てた。あたしが雨をきらいなことを、彼女は知っているはずなのに！

どうしてあたしをここにこんなにながいこと放っておいたの？　あたしは鳴きたてて、小道を走った。彼女もあとから走ってきて、ポーチのドアをあけてくれた。あたしたちは二人して、台所のリノリウムの床に、水をぽたぽたしたたらせていた。

彼女の濡れた服や髪をみると、あたしは怒りを忘れてしまい、迎えにきてくれた、という記憶だけが胸を満たした。あたしは彼女の足に身体をこすりつけ、感謝をこめてのどを鳴らした。それから彼女はあたしを拭いて、二階のベッドに運んでくれた。あたしたちは一緒に眠った。

あたしたちの最後の旅

あたしは機敏になったので、また狩りができるようになった。草のなかで小動物のたてる足音をききわけることはもうできなかったけれど、嗅覚はおとろえていなかった——それに、若い頃のカンと誇りも失っていなかった。春のはじめに、あたしはあたしの人間のためにねずみともぐらを一匹ずつつかまえて、ポーチのドアのそばにおいておいてあげた。

二匹目のもぐらをつかまえた夜のことだ。あたしは急に空腹をおぼえ、日がのぼってあたしの人間が起きるのを待つあいだに、そのもぐらを一口食べた。そしてもう一口。たちまちほとんど全部食べてしまい、あたしはここしばらく感じたことのない、たっぷりの満足感を味わった。

五月のおわりのある夜にも、あたしは狩りにでかけた。その狩りは数時間におよんだ。夜明け前に家に帰ると、台所の電気がついていた。そんなことはそれまで一度もなかったので、あたしはあたしの人間に何か悪いことが起きたのかもしれないと考えて、ドアをひっかいた。彼女はでてきてあたしを抱き上げた。泣いていて、何か言おうとするのに言葉にならないようだった。突然あたしは理解した。彼女は、あたしが死に場所を求めてでていったと思ったのだ。あたしを失ってしまったと。なんてばかなこと。あたしはあたしの人間を見捨てたりしない。死ぬときがきたら、彼女のそばで死ぬだろう。

夏が近づくと、あたしは毎日、食べた物や胆汁《たんじゅう》を吐くようになった。きまって地下で吐いたのは、そのほうがあたしの人間が片づけをしやすいと思ったからだ。あたしがせきこむ音をききつけると、彼女はすぐさまやってきて、あたしをなぐさめてくれた。背中をなでたり、抱きしめたりして。それからあたしは階段をのぼり、外にでて日ざしのなかに横たわる。あたたかな日でとてものどかで、あたしは自分が病気だということを忘れてしまう。

しかし、再び、あたしは衰弱した。洗面台からとびおりることができなくなった。着地の衝撃をうけとめられるほど、あたしの足はもうちゃんとしていない。だからあたしはそこで水をのんだあと、鳴いてあたしの人間を呼ぶ。彼女はすぐにきてあたしを抱き上げて、安全に床におろしてくれる。

あたしの人間は、箱で洗面台につくってくれた階段のようなものを、台所の窓の前にもつくってくれた。その夏がくるまでは、あたしはいつでもその窓にとびのることができたし、その窓を通りぬけておもてにでることもできた。でももうそんな跳躍はできないのだ。

それで彼女は窓の真下にオレンジ色の椅子を置いた。椅子の手前に新聞を入れた袋を置き、その上に、本を二冊入れた手さげを重ねて置いた。これであたしは床から本のてっぺんへ、本から椅子へとびのることができる。あとは窓の下にもぐりこむようにして、ゆっくりポーチにでていけばいいのだ。

体力がなくなってしまったせいで、あたしはうまく毛づくろいができなくなった。毛をなめて、外でついたほこりをとる、というのは大変な仕事なのだ。あたしはみすぼらしくみえたが、あたしの人間はかわらずあたしを愛してくれていた。それだけで、あたしは幸福でいられる。

*

六月のおわりに、あたしの人間はクロゼットからスーツケースをひっぱりだした。あたしたちは、ミズーリ州インディペンデンスの彼女のお兄さんのうちまで、一緒に旅することになったのだ。ながくて暑い旅だった。

車で移動するあいだ、あたしはどんどん消耗していった。最初に停まったガソリンスタンドで、あたしの人間が床にうずくまっているあたしを見たとき、あたしは弱々しく鳴いて不調を訴えた。彼女はすぐにあたしに水をのませた。それからあたしを抱きしめて、あたしにとってかけがえのない、あの言葉の形にくちびるを動かした。「愛してるわ、ダルシー」と。

再びフリーウェイにのると、彼女はたびたび車をとめて、あたしを日かげにつれだしてくれた。あたしがそこをすこし歩いて探険できるように。彼女はあたしを好きなように歩かせて、うしろからついてきてくれた。あたしは必ず彼女のところへ戻った。彼女がまたあたしを車に運べるように。それにしても車のなかは暑かった。風がうなるので、うまく眠れなかった。旅は、きつかった。

そしてようやく、あたしたちは目的地についた。あたしはそこで、ほとんどの時間をあたしの人間の寝室ですごしたが、たまにはポーチにもでてみた。彼女は寝室の窓の日よけをあけておいてくれたので、あたしはいつでも窓の先の囲い地まででていくことができた。昼のあいだ、あたしは彼女の寝室にある衣類バスケットのなかで眠り、夜はポーチの隅でまるくなった。

朝になると彼女がポーチにやってきて、あたしを裏庭につれていってくれた。あたしはそこで、草をかじったり朝露をなめたりするのだ。あたしはポーチの下に這い込んで、いざというときにかくれられる場所もみつけた。彼女は階段にすわりこみ、あたしが探険から戻るのを待っていた。

遠くまでいく体力はなく、あたしは彼女のそばに戻るとそこにすわる。しばらくして、彼女はあたしを持ち上げてポーチに運び、あたしが気に入りの場所で休めるようにしてくれる。

ときどき、彼女はポーチから食堂へ通じるドアを、閉め忘れることがあった。そうすると、あたしは食堂に入っていって、このうちの猫たちのボウルからごはんを食べた。病気になってからというもの、こういうごはんは食べたことがなかったのだ。ここの猫たちの食べるドライフードは、固かったけれど、うちであたしの人間がくれるやつとは全然ちがう味がした。元気だったころは、これでさえも軽蔑していたものだった。けれど、いまではまるでハッカみたいにおいしかった。

あたしの人間は、あたしが固いドライフードを食べるのをいやがった。ここの猫たちのボウルに鼻をつっこんでいるのがみつかると、そのたびに彼女に叱られた。

「ダルシー、それはあなたの肝臓に悪いの。お願いだから自分のボウルのごはんを食べて」

でもあたしは気にしなかった。彼女がまたドアを閉め忘れるのを待っていた。

*

何日かすぎると、食べ物に対するあたしの興味――よみがえったかにみえた興味――は萎《な》えてしまった。あたしはどんどん衰弱し、ツナの汁さえ胃に納めることができなくなった。あたしの人間は毎日薬をくれたけれど、薬はあたしの食欲を増進させはしなかった。

水もほとんどのめなくなった。あたしの人間は、あたしがその家にいたあいだに二回、あたしの身体に液体を流し込んだ。でも何の効果もなかった。

あたしたちは一緒に冬を越し、春をすごした。でも夏は越えられないだろう。あたしはそろそろいかなくてはならない。あたしの人間もそれを知っているようだ。ほとんど一日じゅうあたしを抱いている。あたしはときどき目をさまし、彼女が深い悲しみをたたえた瞳で、あたしをじっとみつめていることに気づく。

そして、あたしたちはこの土地をあとにした。あたしの人間は、朝のまだ涼しいうちに車をとばし、あたしは車のなかで、そのスピードを感じていた。彼女は車のうしろ窓と前部座席のあいだに大きなボール紙を据え、夏の日ざしがあたしに届かないようにしてくれた。また、彼女は前の晩に猫用トイレを冷蔵庫に入れておいてくれ、それはつめたくなっていた。家につくまでのあいだじゅう、あたしはその上で眠った。しかしもうあたしには、そのつめたさにお礼を言う力も残ってはいなかった。そのときがきたのだ。

それでも、あたしはまだあたしたちの人生の何もかもに対し、探索したい気持ちを持ちつづけていた。休憩所で車をとめるたびにあたしはゆっくり歩きまわって、慎重に草を踏み分け、やぶを探険していった。あたしの人間があたしを胸に抱いて車につれて戻るとき、あたしは満ちたりた気持ちで彼女の胸にもたれていた。

あたしたちはうちに帰るのだ。もう一度二人きりになるために。あたしは美しい庭の花々ややぶをみるだろう。日なたにねそべり、彼女がやってきてくれるのを待つだろう。たぶん、うちに帰ればすこし気分がよくなる。たぶん、もうすこし生きられる。たぶん。

＊

午後早くにうちに着いた。あたしの人間が、すぐにあたしをやぶに運んでくれたので、あたしはその日をずっとそこですごした。彼女は何度もやってきて、指先をやさしくあたしの身体に滑らせた。あたしは彼女の口が愛をささやくのを眺めた。日が沈んでも、彼女はあたしを無理に家に入れようとはしなかった。

その夜、あたしは遠くにでかけた。だるくて、疲れていて、どこか横になる場所がほしかった。どこか横になれる、そして永遠にむかってやすらかに滑りおちていける場所が。その場所であたしは猫の神様と一緒に、あたしの人間のことを語りあうだろう。それであたしは遠くにでかけ、死ぬための場所をみつけた。あたしはあたしの人間との約束を守れなかった。死ぬときは彼女のそばにいるという約束、彼女にあたしを見送らせてあげるという約束を。

ところが、すこし休んでいると、彼女に必要とされている、という気持ちがひたひたと胸に湧いてきた。こんなにずっと一緒に生きてきたあとで、彼女を一人にしてくるなんて。そこで、朝になると、あたしはなんとかしてまっすぐに立ちあがった。足はよろめき、それでもなんとかして歩いた。ようやく庭のトネリコの木の下にたどりついたとき、太陽はすでに空高くのぼっていた。あたしはよたよたしながら草の上に身を落ちつけ、あたしの人間がポーチのドアをあけてでてくるのを待った。

すぐに彼女はあみ戸ごしにあたしをみつけ、芝生を横切って走ってくると、あたしのことを抱き上げた。彼女の腕のなかは、あたしの天国だった。他の天国なんて考えられなかった。そう、あたしの死ぬ場所はここだったのだ。家に戻り、彼女はあたしにごはんを食べさせようとしたが、あたしは食べることができなかった。水をすこしだけのむと、あとはあみ戸のそばにすわって、外にだしてもらえるのを待った。いつだって、外はあたしを手招きしていた。でも、いつだってあたしの人間の愛があたしをうちに呼びもどすのだ。

お別れを言う

一日中、あたしは小道でお日さまを浴びてすごしている。彼女がしょっちゅうやってきて、あたしの毛を指で梳いてくれる。あたしは彼女のくちびるが動くのをみつめ、いとおしそうにあたしをみる彼女の表情や、愛にみちた瞳を眺める。あたしには、もし今夜、本能に遠出を命じられればあたしは死ぬのだ、とわかっている。

しかし、日が沈むと、あたしの人間はあたしを家のなかにつれて入った。

あたしは居間の椅子に横になっている――この家ですごしたいくつもの夏のあ

いだ、いつもそこで眠っていた、あたしの椅子の上で。でもどんな姿勢をとっても心地よくはなれない。彼女がやってきてあたしを抱きあげ、腕を揺りかごのように揺らしてくれる。

あたしはものすごく疲れていて、彼女に話しかけることができない。鳴くこともできなければ、聞くこともできない。彼女があたしをみつめ、よくなってほしい、生きてほしい、と願っているのがわかる。あたしは彼女の顔をみることができない。もういかなくちゃならないと知っているからだ。これは容易なことじゃない。彼女と離れるなんて想像もできないのに、あたしはそれをしなくちゃならないのだ。あたしの身体は、もうあたしの思いどおりにはならない。

あたしはもう彼女のベッドにとびのることができないし、自分の足でしっかり歩くこともできない。薬も役に立たないし、水は何の味もしない。彼女のためにのどを鳴らしてあげることもできない。あたしは、彼女とあたしの生活すべてにお別れを言った。

あたしの人間はあたしを抱いた。何か話しかけてくれているのはわかったが、あたしには、顔を持ちあげて、彼女の心配そうな瞳をみつめるだけの力さえ残っていない。彼女はお別れを言いたくないのだ。彼女はあたしをいかせたくない、でもあたしは彼女をなぐさめてあげることができない。あたしの存在は内側に向かい、あたしには、あした日がのぼるのをみられるかどうかもわからない。

しずかな夜がきて、あたしの人間はあたしをポーチにだして、裏口の戸を閉める。彼女はあたしに、いつものように夜を越えてほしいのだ。でもあたしは彼女のそばにいたかった。それで這うようにして窓をくぐり、食堂に入った。それより遠くにはいかれなかった。あたしはテーブルの下にうずくまる。

階下におりてきた彼女は、あたしをみつけるとあたしの隣に横になり、片手をあたしのわき腹にのせた。そうやってあたしの毛をやさしくなでながら、彼女の顔にはおだやかな愛の表情がうかび、目には涙がうかんでいた。彼女に心地よくいやされながら、あたしは眠ってしまう。

目がさめたとき、あたしの人間はいなくなっていた。二階で眠っているのだ。でもあたしはそこまでいくことができない。夜のあいだに、あたしはさらにぐったりした。あたしは忠義をつくすように、彼女のためにここにいるように、ながいあいだ自分とたたかってきた。でも、もういかせてもらわなくてはならない。

朝になっており、あたしはなんとか起きあがろうとした。自分の重みに耐えかねて、再びテーブルの下にくずおれる。なに一つ上手くいかない。もう、そのときなのだ。あたしはあたしの人間にそれを伝えたい。こう言いたい。〝あたしは二十歳まで生きられない！　そうしたいわ。あなたをよろこばせるためにそうしたいのはやまやまだけど、でもできないの〟

彼女が階段をおりてくる。あたしをみると、かけよってきて、あたしを抱きあげた。彼女の顔をみればわかった。彼女もこの真実を知っているのだ。きょうがあたしたちの最後の日だということを。あたしは彼女にお別れを言った。あたしの人生のすべてをこめて、お別れを言った。あたしは彼女に、あたしという贈り物を与え、彼女はあたしに愛という贈り物をくれた。あたしは満ちたりている。

水療法のときに手伝いにきてくれる、彼女の友だちがやってくる。あたしの人間があたしを車にのせ、あたしたちはジューイのところにむかってドライブをする。この期《ご》におよんでなお、あたしには好奇心があり、通りすぎる家々や、そこに住む猫たち、彼らがひげのない猫と暮らしているのか、それともただの飼主と暮らしているのか、興味ぶかく考えた。あたしは窓の外を眺め、あたしの人間はあたしを持ち上げてくれている。あたしは彼女の肩にもたれてやすむことができる。

そしてついに、あたしたちは病院についた。あたしたちが待合室に入っていくと、犬がいたのであたしは最後の力をふりしぼって、にい、と鳴いた。十二インチの歯をもつこのやばんな生き物には、あたしはいまでもがまんがならない、ということを、あたしの人間に伝えるために。診察室に入ると、彼女があたしを金属のテーブルにのせた。ジューイが入ってきてあたしをみる。あたしには、これでおしまいだとわかっている。でもあたしの人間はどうだろう。彼女は泣き始める。朝からずっとそうだったように、また。涙が彼女の頬をころがり落ちる。でもあたしは疲れていて、彼女の肩にのってなぐさめてあげることはできない。彼女がささやいているであろう愛の言葉もきくことができない。

あたしの人間は、あたしのそばにぴったりくっついて立っている。指でそっとあたしの顔をはさみ、あたしの目をみつめる。あたしも彼女のなつかしい顔をみあげる。〝どうなってるの？　なにがおきるの？〟

あたしたちが一緒に暮らしていたながい月日のあいだに、あたしは何度こう尋ねたことだろう。そのたびに彼女はこたえてくれた。「キャンプにいくのよ」とか「獣医さんにいくところよ」とか。「うちに帰るところよ。ニューハンプシャーにひっこすのよ。ノースヒルにひっこすのよ。お散歩にいくところよ。私たちのうちにひっこすの。私たちのうちよ」

いつだって彼女はこたえてくれた。そしていま、彼女はあたしの目をじっとみている。なにがおきているのか、今度もまた教えてくれているのがわかる——あたしたちはお別れを言うところなのよ。

あたしは、あたしの人間のくちびるをみつめる。やわらかなくちびる。いつも、あたしを愛していると言ってくれるくちびる。それがこうつぶやく。「ありがとう。ありがとう。ありがとう。ダルシー」彼女は泣いている。両手でそっとあたしの顔をもちあげる。足に針がささるのを感じ、あたしは彼女の愛に包まれている。あたしたちは一つだ。いまも、そして、いつも。偉大なる猫の神様はあたしたちを祝福してくれている。いつくしみとやさしさが、あたしのまわりに満ちてくる。彼女のなつかしい顔をみつめながら、あたしはあたしの最後の歌を、あたしたちの日々に捧げる歌を口ずさむ。彼女のなつかしい顔をみつめながら、あたしはあたしの最後の歌を、あたしたちの日々に捧げる歌を口ずさむ。

あたしはあなたを知っている！
あたしはあなたを知っている！
あなたはあたしの人間
そしてあたし？
あたしはあなたのダルシーよ

エピローグ

　ダルシーは一九八九年七月六日の朝、亡くなりました。私はダルシーを、彼女の青い格子じまの毛布に包み、車庫のうしろのデイリリーの咲く場所に埋めました。バートルビーの隣です。その日の夕方、ダルシーのお墓にたたずんでいると、ダルシーのしてくれた約束がよみがえり、私を勇気づけてくれました。〝あたしはあなたを孤児になんかしない〟

　ですから、それからの暗く憂鬱な日々、私は彼女が私の心に蒔《ま》いていった思い出に耳を傾け、私たちが共に暮らした日々の、たのしいことだけを思い出してすごしました。私たちは一つでした――ずっとそうだったのです。これはどう考えても疑いようのない事実なのですが、ダルシーは、終わりのない愛をもって私を愛してくれました。この本は、彼女が私に与えてくれた最後の恵みであり、私から彼女への、最後の贈り物です。

ダルシーは、亡くなったとき、十七歳四カ月と一日でした。

――ダルシーの人間、ディー・レディー

JUDY J. KING

訳者あとがき

江國香織

こんなにストレートな愛の物語を読んだのはひさしぶりでした。ストレートで、強く、正確で、濃密な、愛の物語。

もし誰かをほんとうに愛する気なら、ダルシーのように生きる以外にないのではないか、と、思いました。

これは、人間と暮らした一匹の猫の物語です。猫の行動や嗜好、しぐさや表情をめぐる濃《こま》やかな描写には、作者ディー・レディーの観察眼が存分に発揮されています。動物と暮らすこと、その日々のよろこび、あたえられるなぐさめや安息。

猫の一人称で語られる物語は、それ自体目新しいものではありません。でも、そういう物語の多くが、猫の目を借りて人間（あるいは人間社会）を描こう（あるいは批評しよう）とする試みであるのに対し、ここでは、猫の目は猫の目のままに、清潔に周囲にだけ注がれています。

ダルシーには、批評などしている暇はありません。一匹の猫として、猫の生涯をまっとうしようとするだけです。

飼主に何か悩みごとがあり、日々かなしそうにしている、という場面がでてきます。飼主を愛しているダルシーは無論胸を痛めますが、それはかなしみに対してであって悩みごとに対してではなく、結局その悩みごとが何だったのか、どう解決したのかしなかったのかは語られないまま、でも飼主がそれをどうやら乗り越えて、もう泣かなくなったというそれだけで、ダルシーは百パーセント満足して幸福になります。

ああそういうことなのだ、と、思いました。愛というのはたぶんそもそも野性的な感情ですし、それに体ごとぶつかって生ききろうとするかのようなダルシーの姿は、勇敢でとても可憐です。

全編をとおして、すじが通っています。ダルシーには、すじが通っている。そこに私は胸を打たれました。

また、ここには様々な感情――嫉妬や怒り――、生きるためにうけいれなければならないたくさんのこと――事故、孤独、老い、病気――も、はっきりと書きつけられています。一匹のけものとして生涯をまっとうすることは、なんてきびしいことでしょう。自分の頭と体と心だけを使って生きているダルシーの、ひるむほど真摯な愛の物語です。

文字どおり猫一匹ぶんのその愛の重さと、即物的で感情のこもった原文の手触りを、訳文が損なっていないことを願いつつ。

（二〇〇〇年六月）

オズの魔法使い

L. F. ボウム　江國香織／訳

竜巻で吹き飛ばされたドロシーと愛犬トトが辿り着いたのは、魔法使いオズが支配する見知らぬ国だった。故郷へ帰るために少女の冒険が始まる。道連れは脳みそのないかかしと心臓のないブリキのきこり、そして臆病なライオン。

小学館文庫
好評既刊

間宮兄弟

江國香織

女性にふられると、兄はビールを飲み、弟は新幹線を見に行く。間宮兄弟には自分のスタイルと考え方があるのだ。たとえ世間から「へん」に思われても――ふたりは人生を楽しむ術を知っている。これはそんな風変わりで素敵な物語。

金米糖の降るところ

江國香織

姉妹は少女の頃、恋人を〈共有する〉ことを誓った。――アルゼンチンで育った姉妹は留学のために来日したが、佐和子は日本で結婚し、ミカエラは身籠って帰国する。東京とブエノスアイレスを舞台に展開する官能的な〈愛〉の物語。

―――本書のプロフィール―――

本書は、二〇〇〇年七月に単行本として飛鳥新社より刊行された作品を初めて文庫化したものです。

小学館文庫

あたしの一生《いっしょう》
猫《ねこ》のダルシーの物語《ものがたり》

著者　ディー・レディー
訳者　江國香織《えくにかおり》

二〇一六年三月十三日　初版第一刷発行
二〇二五年三月十七日　第九刷発行

発行人　庄野　樹
発行所　株式会社　小学館
〒一〇一-八〇〇一
東京都千代田区一ツ橋二-三-一
電話　編集〇三-三二三〇-五七二〇
販売〇三-五二八一-三五五五
印刷所　――TOPPAN株式会社

この文庫の詳しい内容はインターネットで24時間ご覧になれます。
小学館公式ホームページ　https://www.shogakukan.co.jp

ISBN978-4-09-406262-5